A Promessa

A Promessa

Copyright © 2025 by Luisa Cisterna

Copyright © 2025 by Novo Século Editora Ltda.

Editor: Luiz Vasconcelos
Coordenação editorial: Marianna Cortez
Preparação: Luciene Ribeiro dos Santos
Revisão: Ana C. Moura
Diagramação: Marília Garcia
Capa: Ligia Camolesi

Texto de acordo com as normas do Novo Acordo Ortográfico da Língua Portuguesa (1990), em vigor desde 1º de janeiro de 2009.

Dados Internacionais de Catalogação na Publicação (CIP)
Angélica Ilacqua CRB-8/7057

Cisterna, Luisa.
A promessa / Luisa Cisterna. -- Barueri, SP : Novo Século Editora, 2025.
192 p. (Coleção Amor no Oeste do Canadá)

ISBN 978-65-5561-956-0

1. Ficção brasileira 2. Literatura cristã I. Título II. Série

25-0178 CDD-B869.3

GRUPO NOVO SÉCULO
Alameda Araguaia, 2190 - Bloco A - 11º andar - Conjunto 1111
CEP 06455-000 - Alphaville Industrial, Barueri - SP - Brasil
Tel.: (11) 3699-7107 | E-mail: atendimento@gruponovoseculo.com.br
www.gruponovoseculo.com.br

Luisa Cisterna

A Promessa

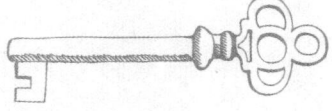

Amor no Oeste
do Canadá
Livro 1

São Paulo, 2025

Nota da autora

Sou grata aos leitores que surgem na minha vida. Deles recebo incentivo, dicas e muito carinho.

A Promessa é minha primeira experiência com a escrita de um romance de época. Durante toda a minha vida como leitora, devorei esse tipo de história. De Barbara Cartland, a primeira autora de romance de época que conheci, a Janette Oke, minha vizinha de cidade aqui no Canadá, sempre sonhei com mocinhas de saias longas e mocinhos de chapéus. Foi durante a leitura de *Amor de Redenção*, de Francine Rivers, que tomei a decisão de escrever uma história inspirada nesse clássico. Confesso que me senti intimidada por me aventurar em um gênero com tantas escritoras de grande talento. A apreensão cedeu lugar ao desafio. Quero aprender com essas mulheres que trazem o passado para o nosso presente.

Com este romance de época, dou início à série *Amor no Oeste do Canadá*. Sou fascinada pelas histórias dos pioneiros que chegaram ao Oeste deste grande país. Era uma corrida contra o tempo, para que o inverno rigoroso não os pegasse desprevenidos. Famílias inteiras cruzavam o território de carroça, trazendo o mínimo de suprimentos. Logo se estabeleciam na terra e começavam o plantio. A maioria morava em casas feitas de blocos de barro, chamadas *soddies*. Era nessas habitações rudimentares que eles passavam o inverno, o qual podia chegar a 40 °C negativos. Muitos morriam em consequência do frio e de doenças infecciosas. Desde que vim para o Canadá para estudar, em 1992, e vivenciei o primeiro inverno, meu respeito pelos pioneiros aumentou. Foi com o sacrifício deles que, em parte, esta se tornou uma grande nação.

Venham comigo nessa jornada. Espero que gostem!

Sumário

Capítulo 1 9
Capítulo 2 18
Capítulo 3 29
Capítulo 4 36
Capítulo 5 42
Capítulo 6 48
Capítulo 7 51
Capítulo 8 56
Capítulo 9 63
Capítulo 10 66
Capítulo 11 76
Capítulo 12 78
Capítulo 13 82
Capítulo 14 88
Capítulo 15 92
Capítulo 16 99
Capítulo 17 102

Capítulo 18 106
Capítulo 19 110
Capítulo 20 114
Capítulo 21 118
Capítulo 22 121
Capítulo 23 128
Capítulo 24 130
Capítulo 25 133
Capítulo 26 135
Capítulo 27 137
Capítulo 28 141
Capítulo 29 145
Capítulo 30 147
Capítulo 31 152
Capítulo 32 155
Capítulo 33 157
Capítulo 34 161
Capítulo 35 165
Capítulo 36 168
Capítulo 37 170
Capítulo 38 172
Capítulo 39 174
Capítulo 40 176
Capítulo 41 180
Capítulo 42 182
Capítulo 43 188

Capítulo 1

Bastava apenas um instante para a vida tomar um curso desesperador.

A força do rio ia arrancando tufos de grama, mato, galhos e parte do barranco. As águas, horas antes claras, reviravam o fundo lamacento, tornando-se turvas. As nuvens negras afastavam-se rapidamente, mas o brilho do sol servia apenas para ressaltar a destruição da tempestade. Uma única roda de carroça na margem do rio impedia que o baú rústico de madeira fosse arrastado pela correnteza.

Yael saiu em disparada, depois que gritou para que seus irmãos ficassem onde estavam. Correndo em direção ao baú, ela saltou sobre os galhos que tinham sido jogados, às margens, pelo rio impetuoso. A jovem agarrou a barra do vestido e levantou-a para se desvencilhar do grosso tecido que limitava sua corrida.

Sara, agarrada ao irmão, chorava e berrava o nome de Yael, pedindo que ela voltasse. Ignorando o apelo, a jovem saltou mais um galho e se jogou ao lado do baú, abraçando-o e liberando as lágrimas que até então tinha conseguido segurar. Seu cabelo castanho tinha se soltado do coque e cobria o baú como uma grande manta.

— Pai, mãe! — Yael balançava o corpo encurvado como se buscasse consolo no abraço ao baú. — O que vai ser de nós?

O rugido do rio a obrigou a se levantar. Não poderia perder a única coisa que tinha sobrado dos seus poucos pertences, o que ligaria ela e seus irmãos à memória dos pais que foram engolidos pelas águas lamacentas.

Reunindo forças, Yael puxou o pesado baú por uma das alças de ferro, deixando uma trilha na terra encharcada. Ela jogou os cabelos para o lado e olhou para seus dois irmãos. Sara, com apenas 12 anos, estava sentada debaixo de uma árvore, segurando Nathan, que a agarrara pelo pescoço e chorava. Teria sido muito mais fácil se Yael e seus irmãos estivessem na carroça com os pais, quando a enxurrada desceu e os levou. Assim, não estariam agora chorando sua condição de órfãos.

O ruído das águas lembrava Yael de que muitas coisas não tinham volta. A morte era uma delas. Também não voltaria a vida que tinham deixado para trás – uma vida de grande pobreza, quando seu pai perdeu o pequeno sítio numa aposta de pôquer. A viagem de uma semana até o terreno que ele conseguira comprar, com o pouco de dinheiro que sobrou, não iria se completar. Yael e seus irmãos estavam sozinhos, sem fazer ideia de onde ficava a pequena propriedade que o pai conseguira. Sem o único documento que comprovaria a compra, Yael e seus irmãos permaneceriam sem um teto.

O rio tragara seus poucos pertences. Tragara também o mais valioso: seus pais.

Yael soltou a alça do baú e se sentou na tampa arredondada. Jogou o cabelo para o outro lado, passou o antebraço na testa para enxugar o suor e enfiou a mão no bolso do vestido roto estampado. Ela trouxe a mão fechada do bolso ao peito e abaixou a cabeça. Devagar, abriu a mão. Olhando para aquele objeto, ela se lembrou da recomendação da mãe; as últimas palavras que tinha ouvido pouco antes da tragédia: *"Guarde no seu bolso"*. E, assim, sua mãe perdera a própria vida nas águas.

O choro dos irmãos aumentou. O rugido das águas do rio não conseguia abafá-lo. Yael levantou-se do baú e começou a arrastá-lo novamente. A roda da carroça perdera a luta contra a correnteza e descera pelas águas, batendo nas pedras, até desaparecer por completo. Era isso – não tinham mais seus pais nem meio de transporte. A comida, as roupas e os poucos objetos que trouxeram da casa que ficou para trás foram engolidos pelo rio. O que ficou para Yael era a responsabilidade de cuidar dos dois irmãos. O que faria se ela não sabia onde estavam e nem para onde ir?

Ao se aproximar de Sara e Nathan, Yael soltou a alça do baú e se sentou ao lado dos dois, envolvendo-os com seus braços cansados e suados. Ela prendeu as lágrimas, que ardiam nos olhos fatigados. Não era mais hora de chorar. Tinha que consolar. Precisava arrumar uma forma de saírem dali. Logo seus irmãos sentiriam fome.

Nathan comia muito. Nos últimos meses, ele começara a crescer bastante. Yael ria quando sua mãe dizia que o filho crescia alguns centímetros por semana. Nathan, porém, ainda era uma criança que precisa de cuidados maternos. Sara, por sua vez, já estava entrando na puberdade. A oscilação de humor era sinal de que sua feminilidade desabrochava. Ela se irritava facilmente, mas também demonstrava um cuidado especial pelo irmão. Abraçada aos dois, Yael esperou que o choro diminuísse, até se tornar leves soluços.

– Precisamos ser fortes. Papai e mamãe não iriam querer que a gente desanimasse – Yael falava aquelas palavras para se convencer de que precisava tirar força de algum lugar, pelos irmãos.

– Yael – Sara sussurrou. – Eles podem estar vivos ainda, não podem?

Yael engoliu em seco. Como iria dizer para Sara e Nathan que tinha visto os corpos dos pais jogados na margem do rio, totalmente sem vida?

– A correnteza é muito forte... – Foi só o que conseguiu dizer.

O sol foi perdendo calor, e logo as sombras do entardecer começaram a cobrir a paisagem. Yael finalmente soltou-se dos irmãos. Nathan tinha dormido no ombro de Sara, que também pestanejava. Levantando-se, Yael olhou de um lado para o outro. O que faria? Não havia estrada, apenas uma picada entre as árvores. Nas últimas quatro horas de viagem, ela vira duas carroças que viajavam na direção contrária.

Yael fez uma trança no cabelo embaraçado e se embrenhou entre as árvores. Quem sabe achasse um coelho distraído que servisse de jantar? Mas como iria matá-lo, tirar a pele e limpar as entranhas? Em casa ela fazia isso, mas tinha as ferramentas necessárias. O som do rio, ainda ameaçador, lhe causava arrepios. Yael seguiu em frente, até se deparar com uma macieira. Pegou cinco maçãs ainda verdes e as guardou nos bolsos do vestido. Deu meia-volta e seguiu na direção de onde os irmãos estavam. Ela parou quando ouviu o que pareciam cascos de cavalo. O barulho foi aumentando, até que surgiu uma carroça puxada por um animal bastante cansado e velho.

O coração de Yael deu um salto. Estariam salvos? Ela sabia que precisaria tomar muito cuidado, porque nem todos os que viajavam por aquela região parcamente habitada eram de confiança. Havia ladrões e aproveitadores que assaltavam as famílias que viajavam em busca de melhores oportunidades de vida, roubando-lhes o pouco que traziam na longa jornada.

Yael soltou um suspiro de alívio quando viu um homem e uma mulher na carroça, que sacudia no terreno irregular. Ela correu até eles, balançando as mãos no ar.

– Socorro! Preciso de ajuda.

O homem de barba preta e mãos enormes puxou a rédea do cavalo. Ele ajeitou os suspensórios com seus dedos, que mais pareciam salsichas, mostrando dois anéis enormes com pedras vermelhas. Yael hesitou. Não gostou muito do sorriso malicioso do homem no rosto inchado. Ela desviou o olhar para a mulher de batom vermelho profundo. Sua mãe se escandalizaria com aquela maquiagem pesada e a roupa espalhafatosa, pouco apropriadas para uma viagem daquela. Talvez eles viessem de uma festa na cidade próxima. O terno de risca do homem e o vestido amarelo-ouro da mulher certamente não eram de fazendeiros como seus pais.

Aproximando-se dos dois, Yael encheu-se de coragem. Precisava tirar os irmãos dali. O homem desceu da carroça e aproximou-se de Yael, que se encolheu.

– O que aconteceu?

Com a voz trêmula, ela contou sobre a tempestade e a morte dos pais.

– E estou sozinha com meus irmãos. Se puder nos levar à cidade mais próxima, eu agradeceria.

O homem girou vagarosamente em torno de Yael, como se examinasse um cavalo. O estômago dela se contraiu, causando-lhe uma dor aguda. A mulher na carroça fechou o semblante.

– Abadon, deixe a menina em paz.

Yael deu uns passos para trás.

– Não tem problema. A gente se vira... – Sua voz saiu engasgada.

– Tem uma cidade a cinco quilômetros daqui. Levo vocês. Onde estão seus irmãos? – disse Abadon, e Yael se retraiu com o cheiro de álcool que saiu da sua boca.

A noite caía rapidamente. Ela não tinha opção, a não ser aceitar a carona. Yael apontou na direção das árvores.

– Perto do rio.

– Vá buscá-los. Espero cinco minutos só. – A voz dele era um rugido como o som do rio.

Yael correu até os irmãos, fazendo o possível para se distrair da discussão que começou entre o homem e a mulher de batom vermelho.

– Acordem, acordem! Tem uma carroça esperando para levar a gente para a cidade. Não temos tempo.

Sara levantou-se em um pulo, ajudando o irmão, que bocejava e murmurava alguma coisa indecifrável. Em segundos, ela puxava Nathan pela mão, e Yael arrastava o baú. Seu coração disparou quando ouviu os cascos do cavalo. O homem já ia embora?

— Corram! — A ordem dela não deixou dúvida aos dois irmãos, sobre a urgência da situação. O som dos cascos do cavalo foi diminuindo, sumindo na mata. Yael entrou em pânico.

— Por favor, por favor, esperem!

O som parou.

Yael arrastou o baú até a carroça, o suor descendo pelas costas apesar da temperatura mais baixa. O homem a seguia com os olhos brilhantes, desinteressados em ajudá-la. A mulher de batom vermelho estendeu a mão para Sara.

— Subam aqui. — Sara e Nathan obedeceram.

Yael fez uma tentativa de levantar o baú, mas sem sucesso.

— Moço, por favor, me ajude.

Nathan esfregava os olhos cheios de lágrimas no rosto sujo de barro. Ele começou a soluçar.

— Cale a boca! — o homem vociferou, largou as rédeas e desceu da carroça. De má vontade, levantou o baú como se ele não pesasse quase nada e o jogou na parte de trás da carroça. Em seguida, tomou seu assento e chicoteou o cavalo velho, que começou a andar. Yael correu atrás deles, conseguindo se agarrar à lateral da carroça e pular para dentro, deixando as pernas torneadas à mostra. Abadon riu exageradamente, olhando o malabarismo da moça. Nathan chorou mais alto, enquanto Sara tentava consolá-lo. O medo nos olhos da menina era evidente. Arrastando-se para o lado dos irmãos, Yael os abraçou.

— Vai ficar tudo bem. Logo estaremos na cidade. — Ela não sabia que cidade, nem tinha coragem de perguntar.

A mulher de batom vermelho olhou para os irmãos sacolejando na traseira da carroça.

— Estão com fome?

— Vai dar da nossa comida para esses moleques, Mariposa? Está louca? — o homem rugiu.

— Estamos bem. Obrigada. — Yael só queria chegar a algum lugar com pessoas mais amistosas. Preferia morrer de fome a contrariar o tal Abadon.

Mariposa se virou para a frente, abriu uma sacola, tirou alguma coisa e girou no assento.

– Dividam o *meu* pão – ela enfatizou a palavra "meu" e deu uma olhada desafiadora para Abadon.

Yael ia agradecer e dizer que não precisava, quando Sara puxou o pão da mão da mulher.

– Obrigada! – Sara olhou da mulher para a irmã e balbuciou alguma coisa. Ela puxou um pedaço do pão e o deu para Nathan, que o devorou em segundos.

Lembrando-se das maçãs no bolso, Yael as pegou. Deu uma para Nathan, outra para Sara e, cutucando Mariposa, ofereceu-lhe outra. A mulher deu um leve sorriso, mostrando algumas rugas na testa. Ela pegou a maçã e agradeceu.

A noite caiu como uma cortina. A escuridão ao redor era esmagadora. Yael não fazia ideia de como Abadon sabia o caminho para a cidade. Se é que havia mesmo uma cidade. O medo apertou seu estômago como garras.

Pegando uma garrafa do bolso do paletó, Abadon entornou o conteúdo na boca. Yael observa os movimentos do grande vulto à sua frente. O homem com cheiro de álcool parecia um enorme urubu.

A carroça chegou a uma estrada de terra. Yael suspirou. Talvez existisse mesmo uma cidade, e já estava próxima. Ela olhou para os irmãos e viu seus olhos como os de um cervo ameaçado pelo predador.

Medo. Tristeza. Cansaço. *Só mais um pouco*, Yael pensou. A oração silenciosa que ela tentou fazer desapareceu da sua mente como um vapor. Permitiu que as lágrimas rolassem. Seus irmãos não as veriam. Yael não fez som algum. Apenas os cascos do cavalo e o sacolejar das molas da carroça enchiam a noite. O barulho amedrontador do rio tinha ficado para trás.

– Você é casada? – Abadon lançou um olhar malicioso para Yael, logo voltando o rosto para a estrada.

– Não – ela balbuciou.

O homem riu.

– Conhece homem?

Mariposa deu um tapa no braço de Abadon. Ele repetiu a pergunta.

Yael não sabia o que ele queria dizer. Claro que ela conhecia homem. Conhecia seu pai, conhecia outros homens que trabalharam na fazenda. No entanto, o tom de voz de Abadon dava outro significado à pergunta. Yael não respondeu. Sara agarrou o braço da irmã com palmas suadas.

– Responda! – o homem rugiu mais uma vez.

– Eu, eu... – Yael não conseguia pensar numa resposta, porque não entendera a pergunta.

– Deixe a menina em paz. Não vê que ela é nova? Deve ter o quê? Quinze anos? – Mariposa olhou para trás.

– Minha irmã tem 20 anos – Nathan gritou como se anunciar a idade da irmã desse a ela alguma autoridade.

Sara cobriu a boca do irmão com a mão. Abadon riu, um riso ácido e amedrontador. Lentamente a carroça foi parando. Yael olhou ao redor. Não via qualquer sinal de cidade. Seu coração acelerou. Abadon desceu da carroça. Mariposa esticou a mão para impedi-lo, mas ele deu um sonoro tapa na mão da mulher.

Sara e Nathan se abraçaram e se encolheram no canto da carroça quando Abadon puxou Yael pelo braço e a jogou no mato. Mariposa gritou alguma coisa que Yael não entendeu. Sua mente trabalhava alucinadamente, buscando uma saída. Ela se viu deitada na vegetação úmida. O grito ficou engasgado na garganta seca. A mão pesada de Abadon cobriu sua boca. Yael chutou as pernas do homem, mas ele parecia de pedra – um enorme pedregulho em cima do seu corpo. Ela batia as mãos nas costas de Abadon, enquanto ele rugia palavras que ela nunca tinha ouvido na vida, nem quando seu pai bebia. O bafo do homem a deixava tonta. A cabeça de Yael latejava, e seus braços e pernas perdiam a força, conforme o homem jogava o peso do corpo em cima dela. De longe, muito longe, ela ouviu o barulho da carroça se afastando e Sara gritando.

Yael sacudiu as pernas quando as mãos grossas do homem subiram por baixo do vestido. O medo apertava sua garganta. O pesadelo se intensificou, a ponto de deixar Yael paralisada. Por um instante, ela se esqueceu de quem era. Talvez fosse só um pedaço de carne jogado na beira da estrada, esperando que os urubus chegassem para o banquete. Um ser humano de verdade não passaria por aquilo, não seria usado daquela forma, violado, usurpado de sua dignidade.

Estirada no mato, sozinha, a moça de vestido rasgado e cabelos embaraçados não tinha mais uma identidade. O sangue que escorria por suas pernas era sua vida que se esvaía. Ela não era ninguém.

Fechando os olhos, ela se entregou à escuridão da noite. Entregou-se ao predador da sua alma.

Capítulo 2

Calebe bebeu a água do cantil aos borbotões e passou as costas da mão na testa. Com orgulho, ele examinou a terra arada à sua frente. Mais duas horas de trabalho, e ele já poderia jogar as sementes de trigo. Misty, sua égua creme, balançou a cabeça como se chamasse o dono de volta ao trabalho. Calebe soltou uma risada, deixou o cantil na beirada do poço de pedra e voltou a pegar o arado. Ele fez um barulho de comando para Misty com a língua, e ambos retomaram o trabalho. O sol ardia nos ombros nus de Calebe, mas ele não se importava. O inverno tinha sido longo e penoso, custando a dar lugar à primavera. Em alguns meses, o trigo dourado, da cor do cabelo de Calebe, balançaria ao vento, mostrando que já estaria pronto para a colheita.

Misty relinchou quando Calebe balançou a rédea, obrigando-a a andar mais rápido. Quando finalmente a dupla terminou de arar a última parte do terreno, o sol já descia no horizonte. Satisfeito, Calebe desatrelou o arado da égua e a levou para um cercado com água e feno. Misty apressou o trote em direção ao monte de feno. Calebe voltou para o poço, puxou o balde de madeira e despejou a água fresca na cabeça, molhando a calça remendada. Logo sua tia Amelie apareceria com o jantar. Calebe insistia que não precisava, mas sabia que ela não daria ouvidos.

Ela o tinha criado desde que a mãe dele morreu de pneumonia. Amelie e Amélia eram gêmeas. Amélia deixou o filho adolescente aos cuidados da irmã, ao perceber que sua morte era inevitável. O pai de Calebe, xerife da vila de Harmony, morrera um ano antes da esposa, em um confronto com assaltantes das caravanas que passavam pela região, levando famílias que desbravavam o Oeste remoto do Canadá. Tia Amelie o recebeu como filho. Ela e tio Joaquim nunca tiveram filhos e consideravam Calebe filho do coração.

Hebron, o sítio de Calebe, foi um presente dos tios quando ele completou 18 anos. Agora, com 24, ele se sentia perfeitamente capaz de trabalhar a terra e tirar o melhor que ela tinha. Conseguia fazer sua própria comida, mas a tia não acreditava. Todo sábado, ela aparecia com pães e um enorme ensopado que duraria uns quatro dias, se fosse bem conservado no porão da pequena casa de madeira. No domingo, depois da igreja, Calebe almoçava com os tios e um ou outro convidado, e Amelie ainda mandava as sobras do farto almoço para ele.

Calebe guardou algumas ferramentas no celeiro e se despiu. A tina de água era grande o suficiente para ele entrar e se lavar, mesmo que ficasse de pé. A vantagem da primavera era, entre tantas coisas, poder tomar banho do lado de fora de casa. No inverno, a banheira pequena no canto do quarto o mantinha limpo, mas esquentar água no fogão à lenha era um transtorno.

Lavando o cabelo com uma barra de sabão que tio Joaquim tinha feito, Calebe aproveitou o frescor da água na pele queimada de sol. Depois de se enxugar, ele vestiu uma muda de roupa que deixara na prateleira ao lado da tina, e penteou o cabelo. Ouvindo o som de cascos de cavalo na terra batida, saiu do celeiro e acenou para os tios, que paravam a carroça ao lado da modesta casa.

– Achei, por um momento, que não viriam. – Calebe abraçou os tios e passou os dedos pelo cabelo molhado.

Joaquim ajudou a esposa a descer da carroça e pegou uma panela do assento.

— Até parece que sua tia iria deixar você morrer de fome.

Amelie segurava um saco de pano. O cheiro de pão fresco exalava dele.

— Podem fazer piada, mas sei bem que um homem que trabalha duro precisa de alguém que cozinhe para ele.

Calebe riu alto.

— Lá vem indireta.

Os três entraram na casa com móveis de madeira simples. Tia Amelie fez uma vistoria na sala e pegou uma vassoura.

— É o que digo: você precisa de uma boa esposa. Olhe só que chão sujo.

Colocando a panela com um conteúdo aromático na mesa, tio Joaquim balançou a cabeça.

— O chão não está sujo. Só não parece encerado como você gosta. Deixe Calebe em paz.

Amelie parou com uma das mãos segurando a vassoura e a outra na cintura.

— Laura só precisa que você diga uma palavra de incentivo, que ela começa a fazer o enxoval.

Calebe abriu o saco de pano que estava na mesa e puxou um pedaço de pão.

— Deus ainda não me mostrou quem deve fazer enxoval. Laura é uma bela jovem, mas não acho que seja ela quem Deus tenha preparado para mim.

A tia passou a vassoura com força no piso de madeira rústica.

— Lá vem você com a mulher dos sonhos. Sonhos são sonhos, assim está na Bíblia.

— Tia, não é apenas um sonho. Deus me disse que tenho que esperar. — Calebe jogou um pedaço de pão na boca.

— Esperar ficar velho e nunca poder ter filhos? — Imediatamente ela levou a mão à boca e ficou ruborizada.

— Mulher, você fala besteira de mais. Deixe Calebe em paz. Se ele disse que Deus não mostrou quem é a mulher com quem deve se casar, não podemos duvidar. – Joaquim pegou a pá e a posicionou em frente à vassoura que Amelie usava.

— Uma mulher que vai aparecer na sua porta com uma chave? Que tipo de sonho ou ordem de Deus é essa? Como uma mulher direita vai aparecer na sua porta sozinha, pedindo para se casar? – Amelie varreu a pouca poeira para a pá.

— Não sei, tia. Deus é quem sabe. – Calebe tirou os três pães do saco de pano e os guardou em uma caixa de madeira ao lado da pia.

A discussão era sempre a mesma. Não que Calebe achasse mesmo que uma mulher direita estaria perambulando por aí e bateria na porta de sua casa. E, se ela não fosse tão direita assim, como sugeria a tia, Deus teria seus motivos para mandar uma mulher que conhecia o lado mais negro da vida. Calebe estava pronto para aceitá-la e amá-la. Deus não cometia erros.

O assunto dos sonhos de Calebe foi sendo sabiamente desviado pelo tio. Antes de se despedirem do sobrinho, o assunto era o sítio. Joaquim deu alguns conselhos para Calebe sobre como aumentar o galinheiro e o que fazer com a porca grávida. Antes de se despedirem, a tia ainda tentou voltar ao assunto de Laura, mas o marido a puxou para a carroça.

Calebe levou a panela de ensopado para o porão, que nada mais era do que um buraco debaixo da cozinha. Ele desceu os cinco degraus, tomando o cuidado de abaixar a cabeça, e colocou a panela em uma das prateleiras fartas de legumes em conserva que a tia preparava no outono. Uma caixa com batatas e cenouras estava no chão, ao lado de um enorme saco de farinha e outro menor de açúcar. O frio do lugar conservava os mantimentos e os protegia de animais.

Saindo pelo alçapão, Calebe fechou a portinhola no chão, reposicionando a pequena mesa de jantar em cima dela. Em cima do fogão, a tia tinha deixado um prato fundo com ensopado. Não se importando em requentar a comida, Calebe colocou o prato na mesa, cortou uma grossa fatia de pão e passou manteiga, que a tia também preparava. Ele comeu no silêncio da casa. Os grilos lá fora anunciavam o auge da primavera. A vida renascia depois do longo inverno. Sua vaca tinha tido um bezerro na semana anterior, e a porca daria à luz em breve.

Calebe tinha recebido uma promessa de Deus, segundo a qual ele também geraria muitas vidas, e seus filhos abençoariam a região de Harmony. Quando ele recebeu essa promessa, sentiu-se um pouco como Abraão, mas ele estava longe de ser um grande homem de fé. Na escuridão da noite, quando se deitava, Calebe sabia como sua fé vacilava. Não era fácil cuidar da terra sozinho. Às vezes, nem fazia sentido. Plantava para quê? Para vender o trigo e juntar um dinheiro que ele pouco gastava. Era certo que ajudava financeiramente a igreja, que fazia um lindo trabalho com as famílias que chegavam a Harmony sem muitos recursos, muitas delas traumatizadas pelos constantes assaltos aos viajantes. Alguns de seus vizinhos tinham recebido essa ajuda logo que chegaram e já se sustentavam sozinhos, com os produtos de seus sítios.

Depois de lavar o prato na bacia de água na pia, Calebe guardou tudo e se sentou à mesa com a Bíblia no colo. Leu por um tempo, sentindo o peso das pálpebras. No dia seguinte, acordaria cedo para alimentar os animais antes de ir à igreja. Tinha prometido ao pastor Samuel que levaria ovos para as senhoras da igreja fazerem bolo para vender e levantar fundos para consertar o telhado cheio de goteiras.

O sono começou a chegar, e Calebe sabia que logo viria o mesmo sonho – uma mulher apareceria em sua porta, no meio da noite, com uma chave na mão. Ele não via o rosto da mulher. Ela estava fraca e falava coisas que Calebe não entendia. O que a chave abria, ele não sabia. O sonho acabava tão repentinamente quanto começava, e Deus colocava no coração de Calebe uma paz indescritível.

Deixando a Bíblia em cima da mesa, o rapaz foi para o quarto. Ele puxou a colcha de retalhos da cama e afofou o travesseiro. Cuidou da higiene na bacia de água em cima da cômoda e enxugou o rosto. Vestiu a calça de pijama xadrez e se enfiou debaixo da colcha. Sua tia falaria que ele precisava lavar os lençóis com mais frequência, mas a época de plantio era muito corrida. Na verdade, todas as estações eram intensas no trabalho.

O sono chegou e, com ele, a mulher misteriosa com uma chave na mão.

* * *

Calebe se virou na cama e cobriu a cabeça com o travesseiro. Seus olhos ainda estavam cansados. O barulho que ele ouvia só poderia ser de algum animal buscando abrigo. O jovem esperava que não fosse um gambá. O barulho continuou. Era como se alguma coisa raspasse a madeira da casa. Jogando o travesseiro para o lado, Calebe se sentou na beira da cama. O quarto estava escuro, e seus olhos levaram um tempo para se acostumar. O luar se refletia no vidro da pequena janela. O barulho raspando a madeira continuou. Calebe se levantou e esfregou os olhos. O som vinha da cozinha. Descalço, ele saiu do quarto. O barulho parou por uns segundos e recomeçou. Era a porta da entrada. Do armário da sala, Calebe tirou uma espingarda. Foi pé ante pé até a porta e segurou a arma, apontando-a para frente. Com um gesto brusco, abriu o trinco e girou a maçaneta, abrindo a porta com violência e apontando a arma para frente. Por um momento, ele achou estar sonhando. Na sua frente não havia ninguém. Ele saiu pela porta e olhou ao redor. Os grilos cantavam sua melodia noturna. Um toque no pé de Calebe fez com que ele pulasse para trás. O rapaz olhou para o chão e viu um amontoado de alguma coisa. No escuro, não conseguia distinguir o que era, até que ouviu um leve murmúrio:

– Socorro...

Deixando a arma do lado de dentro da casa, Calebe se abaixou, encostando a mão num tecido rústico. Era uma mulher. Uma menina, talvez. Seus cabelos cobriam o rosto. Com cuidado, Calebe segurou o braço da moça e não encontrou resistência. Levantando-a no colo, ele a levou para o pequeno sofá, que nada mais era do que uma cama estreita com estofado de palha em frente à lareira apagada. Ele deitou a moça com cuidado. Correndo até a mesa, acendeu o lampião. Aproximou-se dela e puxou os cabelos longos para trás, revelando um rosto encardido, mas jovem.

Ela parecia desmaiada. Calebe correu até a pia e encheu um copo de barro com água de uma jarra. Levou-o até a jovem e, com muita dificuldade, fez com que ela bebesse todo o líquido. Aos poucos, a moça foi abrindo os olhos, e Calebe se encheu de compaixão. O olhar era perdido e sem vida. Pegando nas mãos dela, ele notou sangue. Uma das mãos estava aberta, a outra, fechada. Os pulsos estavam com manchas escuras e arranhados. Examinando o rosto dela, Calebe admirou-se com os traços delicados, apesar da sujeira e dos lábios cortados. Ele foi até a pia, pegou um pano de prato limpo de uma gaveta e o encharcou com água fresca de um balde no chão. Voltando até a moça, passou o pano pelo rosto dela, devagar. Ela gemeu de dor. Calebe tomou a mão aberta da moça e passou o pano. As unhas estavam quebradas e sujas de terra. Ele tentou abrir a outra mão, mas parecia que a força que ainda restava na moça estava toda nos dedos, que não abriam. Calebe passou o pano na testa dela. Seu olhar continuava perdido, mas ela não chorava, apesar do véu de tristeza em seu semblante. Como uma moça daquelas, tão delicada e jovem, teria ido parar em sua porta de madrugada? Imediatamente, Calebe se sentou no chão, tomado por uma tontura. A voz que ele ouviu era tão clara que encheu o ambiente. *Cuide dessa que vai ser sua mulher.*

Com o coração palpitando, Calebe colocou a cabeça entre os joelhos. Ainda estaria sonhando? Levantando a cabeça, ele ajoelhou-se ao lado do sofá e segurou a mão fechada da moça. Tentou abrir os dedos, mas ela reunia as forças e resistia. Calebe insistiu e foi abrindo dedo a dedo. Ele fechou os olhos quando viu o objeto que ela segurava: uma chave. Uma grossa lágrima rolou pelo rosto dele. Não era homem de chorar; só poderia estar mesmo sonhando. A chama do lampião balançou como se um vento tivesse passado, apesar da porta e da janela fechadas. A voz, agora em sua própria cabeça, repetiu: *Cuide dessa que vai ser sua mulher.*

Calebe fechou a mão da moça sem tocar na chave. O rosto dela pareceu relaxar um pouco, para logo ficar pesado. O que ele faria com uma mulher que mais parecia uma menina, toda machucada, em sua casa? Não sabia nada de cuidar de uma mulher. Mas ela era um ser humano, em primeiro lugar. Levantando-se, Calebe correu até o porão e encheu um pote com o ensopado da tia Amelie. Voltou para o lado da moça, puxando uma cadeira. Sentado, ele levantou a cabeça dela e, equilibrando o pote no colo, encheu a colher. Quando ele tocou os lábios dela com a comida, a jovem virou o rosto. Ele insistiu. Ela abriu um pouco a boca e provou a comida com a língua. Abriu mais a boca e puxou metade do que estava na colher. Calebe esperou que ela mastigasse devagar. Ele aproximou a colher dos lábios da moça, que comeu mais um pouco. Meia hora depois, ela tinha comido metade do ensopado. Deixando o pote na mesa, Calebe pegou mais água e ajudou a moça a beber.

O sol começou a clarear o ambiente. Calebe apagou o lampião. Foi ao quarto e pegou a coberta, colocando-a delicadamente sobre a moça, que dormia. O que ele faria agora? Notando que estava sem camisa, ele correu ao quarto e vestiu sua roupa de trabalho. Voltou à sala e examinou o rosto sujo da jovem. Não era um sonho, mas, sem dúvida, era um milagre. E a mulher no seu sofá não era uma mulher qualquer, como sugerira sua tia. O vestido sujo e rasgado dela era simples, mas adequado a qualquer moça que frequentava a igreja de Calebe. Ele sabia muito bem dos assaltantes que aterrorizavam as trilhas por onde vinham as famílias em busca de oportunidade de vida, rumo àquele canto no Oeste inóspito do país. Seu pai pagara com a própria vida ao tentar proteger a pequena vila de Harmony. A moça era certamente filha de umas dessas famílias, e Calebe prometeu a si mesmo que encontraria os parentes dela.

Notando que a jovem ainda dormia, Calebe correu para fora. Precisava cuidar dos animais e pegar os ovos para levar à igreja. Mas como deixaria a moça sozinha em sua casa? Ela estava fraca e precisava de um banho. Ele não poderia fazer isso. Teria que dar um jeito. Saiu de casa com a sensação de ter deixado para trás algo precioso, que precisava dele.

Meia hora depois, Calebe voltou para casa com um baldinho de leite fresco. Encheu um copo e aproximou-se do sofá. A jovem se mexia, mas os olhos estavam fechados. Ela parecia ter um pesadelo. Grunhia e se debatia. A mão fechada segurava a chave, Calebe tinha certeza. A chave deveria ser de extrema importância, uma conexão com a família, talvez. Os primeiros raios de sol que entravam pela vidraça encheram de reflexos dourados os cabelos castanhos longos da moça. Eles estavam emaranhados, mas não escondiam o brilho. Calebe sentou-se na cadeira e levantou a cabeça da linda jovem com mão firme. Levou o copo de leite aos lábios dela. Ela pestanejou e deu um gole. Depois outro e mais outro, até que bebeu todo o leite, voltando a dormir em seguida.

Calebe não sabia mais o que fazer. Ela já tinha bebido e comido bastante e com gosto. Os ferimentos precisavam ser limpos e tratados. Onde mais ela estaria machucada? Ele foi até o quarto e pegou uma caixa com um líquido que a tia lhe tinha dado, dizendo que era para ferimentos. Pegando um pano limpo, ele o embebeu no líquido e começou a limpar os ferimentos visíveis. Empurrou a colcha para o lado e tirou os sapatos simples da moça. Eles estavam cheios de lama. Os pés dela pareciam de criança e tinham vários calos. Calebe limpou os ferimentos dos tornozelos, já se sentindo mal pelo toque tão íntimo. A barra do vestido da moça também estava suja de lama, mas o que preocupou Calebe foi o sangue na parte da frente, mais próximo à barriga. Ele nunca se atreveria a levantar a roupa dela. Mas... e se fosse um ferimento grave?

Calebe se levantou e andou pela pequena sala, com o pano úmido na mão.

– Deus, o que faço?

Cuide dessa que vai ser sua mulher. A voz não vinha da sua cabeça, Calebe tinha certeza.

Decidido, ele aproximou-se da jovem. Desabotoou o vestido na frente. Alguns botões faltavam. Com dificuldade, Calebe puxou as mangas, que estavam rasgadas, liberando os braços da moça. A roupa de baixo dela, uma blusa de pano simples, também estava encardida. Calebe já tinha visto roupas de baixo de mulher quando era mais jovem, e sua tia pendurava as dela no varal. As mulheres usavam uma blusa de pano por baixo da roupa e um tipo de calça à altura do joelho, de tecido fino. Se ele tirasse o vestido da moça, ela não estaria nua, mas ele poderia ver melhor os ferimentos.

Calebe começou a puxar o vestido para baixo, passando pela cintura e depois pelo quadril. Horrorizado, ele desviou o rosto para outro canto da sala – a moça não estava usando a calça de baixo, e suas pernas estavam cheias de sangue. Com o coração acelerado, Calebe puxou rápido o vestido e jogou a colcha sobre ela. Sua respiração estava entrecortada. Nunca imaginara ver a intimidade de uma mulher que não fosse a sua. *Cuide dessa que vai ser sua mulher.*

– Deus, como posso? Ela não é minha... não ainda! – Calebe falou em voz alta e jogou as mãos para cima.

Cuide. Era um comando.

Calebe correu para fora e voltou com um balde grande de metal, cheio de água. Acendeu o fogão a lenha e colocou a água para esquentar. Foi até o quarto e arrastou a pequena banheira de metal para perto da cama. Pegou um pano que usava para se enxugar e voltou para a sala. A moça estava com os olhos arregalados e segurava a colcha com força. O coração dele acelerou. O que estava fazendo? Estava louco? Pretendia mesmo dar banho em uma mulher?

Cuide.

Para o desespero de Calebe, alguém bateu à porta. Ele tentou ignorar as batidas, mas, quando sua tia gritou seu nome, ele correu para abri-la. Tia Amelie e tio Joaquim estavam vestidos com roupa de domingo. Eles entraram apressados na sala, e as palavras morreram em seus lábios quando viram a moça deitada no sofá.

– Deus trouxe minha mulher... com uma chave na mão! – Calebe disse, com convicção.

Capítulo 3

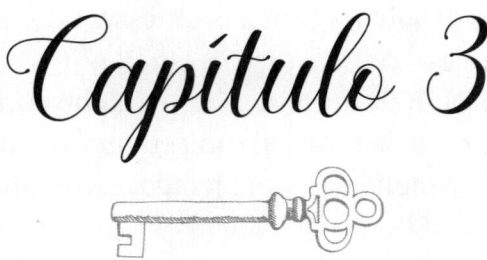

Tia Amelie saiu do quarto de Calebe e fechou a porta. Olhou com reprovação para o sobrinho, que estava encostado na pia.

– A moça está dormindo. Coloquei uma camisa sua nela. Precisamos de roupas adequadas para ela.

– Tia, a senhora me olha como se eu tivesse arrumado essa situação. – Calebe bebeu o resto do café da caneca de metal e a deixou de lado. Sua mão tremia levemente.

– Amelie, tenha misericórdia do seu sobrinho. Ele está cansado e se sente responsável pela moça. – Joaquim levantou-se da cadeira e se aproximou da esposa. – Precisamos ajudar.

Calebe passou a mão pelo cabelo.

– O tio está certo. Sou responsável por ela, como um marido deve ser.

– Marido? – Amelie colocou as mãos na cintura. O austero vestido cinza deixava seu rosto sério. – Você não é casado, lembra-se?

– Mas vou me casar – Calebe respondeu, resoluto.

A tia virou-se para o marido.

– Como me enganei tanto com meu sobrinho, que é quase um filho? Joaquim, ele perdeu a cabeça!

– Tia – Calebe aproximou-se da mulher –, tenho uma promessa de Deus. Vou ter muitos filhos...

Amelie interrompeu.

— Não vejo problema com a promessa, mas essa não é a mulher certa. Laura é.

— Não, tia. Não é Laura, é... é... — Calebe coçou a cabeça.

— Nem o nome da moça ali no seu quarto você sabe e vai se casar com ela? — Amelie deu uma risada. — Vou falar com o pastor Samuel.

— Pode falar. Ele vai fazer o casamento — disse Calebe.

—Claro que não vai, quando ficar sabendo dessa situação esdrúxula.

—Tia, ele sabe da promessa de Deus para mim. E Deus foi claro ao dizer que essa é a mulher que vai ser minha esposa.

— Parem vocês com essa discussão! — Joaquim disse. — Perdemos o culto, mas vou até a igreja buscar o pastor para conversarmos.

— Faça isso. Temos que resolver para onde levar a moça. — Amelie foi à área da cozinha e pegou uma panela. — Vou fazer uma sopa para almoçarmos.

— Tia, não precisa cozinhar nada. Tem muito ensopado no porão. — Calebe coçou a cabeça, o cabelo despenteado.

Amelie olhou para o sobrinho com um jeito desafiador e pegou uma panela do gancho na parede.

— Essa menina não vai conseguir comer um ensopado tão pesado.

— Ela comeu, de madrugada... — Calebe tentou explicar em vão.

A tia deu de ombros e colocou a panela no fogão ruidosamente.

— Espero estar de volta em uns quarenta minutos. — Joaquim olhou para o sobrinho atordoado, colocou o chapéu de palha e parou na porta, com a mão na maçaneta. — Posso levar os ovos que você prometeu ao pastor.

O tio saiu com uma caixa de ovos, deixando a mulher descascando cenoura e batata, de costas para o sobrinho.

Parado no meio do cômodo, entre o sofá e a mesa de jantar, Calebe abaixou a cabeça. Talvez a tia estivesse certa e aquilo tudo fosse uma loucura. Ele não sabia o nome da moça, nem de onde ela viera, muito menos por quais situações passara até chegar em sua casa no meio da noite. E se ela estivesse fugindo de alguma coisa ou de alguém? Do marido, até. Para todos os efeitos, ela poderia ser casada. Calebe ouviria o pastor Samuel. Ele era um homem sábio, de oração. Seus conselhos eram bíblicos. Calebe já tinha conversado com ele sobre os sonhos recorrentes e a promessa, e o pastor só ouviu, garantindo que oraria por aquilo. Talvez ele tivesse recebido alguma informação divina que viesse a esclarecer aquela confusão.

Calebe deu um longo suspiro e saiu, dizendo à tia que iria dar uma olhada na porca prenha.

Lá fora, ele olhou para sua propriedade. A casa de madeira simples tinha o conforto de que precisava. Nada em excesso para um homem sozinho. A terra arada logo daria frutos. Mais à direita, atrás do celeiro, um pomar mostrava várias árvores com a roupagem de primavera. O chiqueiro tinha quatro porcos, e o galinheiro, um número considerável de galinhas. Sua tia sempre o ajudava com a horta. Era muito trabalho para um homem só e, no auge do verão, Calebe contratava algum rapaz da comunidade para ajudar nas diversas tarefas. Não seria qualquer mulher que enfrentaria aquela vida no sítio. A tia insistia que ele cortejasse Laura, a filha dos donos da maior loja em Harmony. Ela era muito bonita e um tanto mimada. Calebe nunca a vira trabalhando, muito menos no campo.

Entrando no cercado onde Misty estava com dois outros cavalos, Calebe considerou que tipo de mulher seria aquela que apareceu misteriosamente em sua porta com uma chave na mão. Ela era de porte pequeno, mas seus braços eram fortes. Sua roupa simples, apesar de suja, não era de alguém acostumada a confortos. Aquilo, porém, eram as únicas coisas que Calebe sabia. Ou deduzia.

Ouvindo seu nome, Calebe voltou-se para a casa. Sua tia balançava um pano de prato, chamando-o da porta. Ele correu até ela.

– O que foi?

– A moça se levantou e está pedindo para alguém a levar à cidade mais próxima. – A tia fez uma cara de descontentamento e voltou para a cozinha.

Calebe a seguiu com o coração pesado.

– Ela não tem nem roupa.

Mexendo na panela, a tia olhou para trás, por cima do ombro.

– Então fale com ela.

Passando a mão no cabelo, Calebe olhou para a porta fechada do quarto. Seu coração acelerou. Respirando profundamente, ele bateu de leve na porta e a abriu, quando ouviu um fraco "pode entrar". A jovem estava sentada na beira da cama, enrolada na colcha de retalho.

– Preciso do meu vestido e de alguém que me leve à cidade. – A voz dela estava mais firme. Era melodiosa. Ou assim pareceu a Calebe.

– Seu vestido está sujo e rasgado. – O que mais ele diria? Certamente não poderia dizer que Deus a enviara para se casar com ele.

– Então, por favor, me arrume umas roupas da senhora ali na cozinha. Eu devolvo assim que encontrar minhas coisas.

– E onde estão suas coisas?

A jovem puxou a colcha, cobrindo os ombros.

– Não sei. Vou descobrir.

Calebe sentiu novamente uma grande compaixão por ela. Nenhuma mulher deveria estar naquela situação tão deplorável de abandono. *Cuide!* A voz era clara. Ele se aproximou dela, e ela recuou, inclinando o corpo para trás como um animalzinho assustado. Calebe parou imediatamente.

– Vamos fazer o seguinte: fique aqui hoje. Amanhã minha tia traz uma roupa, e eu mesmo levo você à vila. É uma promessa.

A jovem olhou para ele e depois para o chão.

– Não posso esperar.

Deus, o que faço?

– Então, vamos comer alguma coisa, e levo você mais tarde.

Ela olhou para ele.

– Sua tia vai ficar aqui?
Ela queria segurança. Estava com medo.
– Vai.
A jovem balançou a cabeça, concordando. Calebe soltou um suspiro.
– Qual é o seu nome?
Uma única lágrima rolou no rosto da moça, partindo o coração de Calebe. Ela olhou para ele.
– Não importa. Não sou ninguém.
Calebe foi tomado por um grande desejo de correr até ela, pegá-la no colo e acalentá-la, dizendo que cuidaria dela. No entanto, ficou parado no meio do quarto, com as mãos geladas, olhando para aquela mulher triste sentada em sua cama.
– Meu nome é Calebe.
A jovem examinou o rosto dele. Ela balançou a cabeça de leve. Sem saber o que dizer, o rapaz pediu licença e saiu do quarto, fechando a porta com cuidado. A tia virou-se para ele, mas sua fala foi interrompida com a chegada do tio, trazendo o pastor Samuel. O homem, de estatura mediana e um pouco acima do peso, sorriu para Calebe. Deixou o chapéu de palha no cabideiro e cumprimentou o dono da casa e a tia.
– Que história interessante seu tio me contou, Calebe. Por que não me acompanha até o celeiro, para conversarmos?
Calebe suspirou de alívio. A última coisa que queria era conversar na presença da tia.
– Vamos.
No celeiro, os dois homens sentaram-se em troncos que serviam de bancos. Calebe deu uma versão detalhada da chegada da moça. Explicou que, conforme cuidava dela, ouvia Deus falando que ela seria sua mulher. Disse também que a moça, que não quis dizer o nome, pediu para ir à vila.
– Não entendo. Se Deus a trouxe, por que vou levá-la embora? Mas o problema é que eu não posso prendê-la em minha casa. Ela disse que precisa procurar suas coisas.

O pastor balançou a cabeça em entendimento.

– Se foi Deus que a trouxe, Ele mesmo vai mantê-la aqui. Não interfira em nada. Ore apenas. Observe. Ouça. Se a promessa vem de Deus, Ele vai agir sem sua intervenção. Confie.

Nessas vezes, Calebe sentia que sua fé diminuía em vez de aumentar. De fato, se realmente fosse promessa de Deus, ele mesmo tomaria as providências para que essa promessa se realizasse. O pastor orou, pedindo a Deus que trouxesse entendimento para aquela situação. Orou pela jovem. Calebe relaxou.

– O que faço agora? Ela quer ir embora hoje. – Calebe se levantou, e o pastor fez o mesmo.

– Faça conforme ela pediu. Confie.

Os dois voltaram para a casa. A tia tinha servido um prato de sopa para a moça, que comia sentada à mesa, enrolada na colcha. O pastor se apresentou a ela e, por um instante, Calebe viu uma faísca de ânimo nos olhos da jovem. Ela ouviu com atenção quando o pastor Samuel lhe disse:

– Gostaria de saber mais de sua história, se quiser falar. De qualquer forma, essa é uma família muito especial. – Samuel apontou para Calebe e os tios. – Eles podem ajudar você no que precisar. Eu posso ajudar.

Ela deixou a colher no prato.

– Eu quero ir à cidade.

– Certo – o pastor respondeu. – Calebe levará você, assim que Amelie lhe arrumar uma roupa.

A moça voltou os olhos para o prato. O pastor Samuel puxou Calebe pelo braço, até a porta.

– Vou indo. Faça o que ela pediu e confie. Somente confie. – Despedindo-se do restante da família, o pastor foi embora.

Calebe fechou a porta.

– Tia, poderia arrumar uma roupa para ela?

Tia Amelie limpou as mãos no pano de prato e se virou para o marido.

— Vamos em casa, que preparo um pacote com roupa e alguns produtos de higiene.

Os tios se despediram, prometendo voltar em uma hora. A jovem se levantou, segurando a colcha na altura do pescoço e tentando equilibrar o prato na outra mão. Calebe correu até ela e pegou o prato.

— Se quiser descansar, fique à vontade.

Agradecendo, a moça voltou para o quarto. Uma hora depois, os tios voltaram. Amelie entregou um pacote para a jovem, que se trocou em poucos minutos. O coração de Calebe ficou pesado quando a viu pronta, com o cabelo penteado em uma longa trança e o vestido frouxo. Ela era linda! E, mais do que isso, tinha um porte de alguém determinado a encontrar o que queria. A fraqueza do dia anterior tinha ido embora.

Tia Amelie entregou à jovem um pacote.

— Aqui tem pão, queijo e algumas frutas secas.

Joaquim estendeu a mão para ela.

— Deus abençoe você em sua procura.

Ela balançou a cabeça ao apertar a mão de Joaquim e seguiu Calebe para fora. Ele já tinha preparado a carroça puxada por Misty e ajudou a moça a subir. Olhando para os tios na porta da casa, ele acenou. Um nó apertou sua garganta. Talvez, como disse a tia, Calebe tivesse se enganado e aquela não fosse a mulher que Deus tinha preparado para ele.

Misty puxou a carroça até a estrada e prosseguiu em um trote cadenciado. O barulho dos cascos no chão batido acompanhava o compasso do coração de Calebe. Cada curva levava a moça misteriosa para mais longe da sua casa e da promessa que Deus tinha-lhe dado. Meia hora depois, ele já podia avistar a pequena vila de Harmony. Ali, Calebe se separaria da moça.

Cuide dela, foi a ordem que ele ouviu ao entrar na rua principal da vila.

Capítulo 4

As ruas da vila estavam desertas, a não ser pela movimentação na frente do bar, de onde saía uma animada música ao piano. Era domingo, e Harmony parava para um merecido descanso. Calebe ajudou a jovem a descer da carroça, e eles foram pela passarela de madeira até o hotel, uma edificação de madeira de dois andares. Calebe não fazia ideia do que a misteriosa jovem procurava. Ficando um pouco para trás, ele a deixou sozinha conversando com a mulher na recepção. De coque, a funcionária balançava a cabeça negativamente conforme a jovem falava alguma coisa.

No bar, a cena se repetiu. No entanto, Calebe ficou mais perto dela quando notou os olhos dos homens embriagados examinando seu corpo. Do lado de fora, a jovem andou de um lado para o outro a esmo.

Calebe a seguiu.

– Se me disser o que procura, posso ajudar. Conheço as pessoas aqui.

Ela olhou para ele e depois para o céu, onde nuvens grossas e escuras se acumulavam.

– Há outras cidades por aqui?

– A próxima fica a duas horas.

Ela olhou de um lado para o outro.

– Tem algum meio de transporte para lá?

— Tem a charrete que faz esse trajeto duas vezes por semana. A próxima só na quarta-feira.

A jovem mordeu os lábios. Calebe achou que ela iria chorar, mas nenhuma lágrima escorreu. O rosto dela ficou vermelho.

— Vou ficar e esperar.

Calebe se apavorou. Não a deixaria sozinha por nada no mundo. Os homens no bar já estavam bem alegres e adorariam uma presa fácil.

— Escute, é perigoso aqui. Por que não voltamos para minha casa? Na quarta-feira, trago você de volta.

Ela olhou para ele e pareceu considerar a oferta. Uma gota grossa de chuva caiu na testa dela, depois outra e outra. Ela fez um leve gesto com a cabeça.

— Está certo.

Calebe precisou controlar o profundo suspiro que soltou. Teria três dias para conhecer melhor a moça dos seus sonhos.

* * *

— Você dorme no meu quarto, e eu fico na sala. — Calebe colocou em cima da mesa o pacote com artigos que a tia tinha dado à moça. A chuva que tinha começado antes de saírem de Harmony deixara algumas gotas no papel pardo. — Sabe, ficaria bem mais fácil se eu pudesse chamá-la pelo nome.

A jovem caminhou lentamente até a mesa e passou os dedos pela madeira rústica.

— Yael. — Sua voz saiu como um suspiro, como se ela falasse o nome de uma outra pessoa, da qual tinha saudade.

— A força de Deus — Calebe disse.

Yael inclinou a cabeça.

— Cabra montanhesa.

— Sim, esse é o significado original do seu nome, mas prefiro o significado poético: força de Deus.

Yael puxou uma cadeira e se sentou, com as mãos sobre o colo.

– Não conhecia esse significado.

Com o coração palpitando, Calebe sentou-se na cadeira de frente a ela, com os cotovelos na mesa.

– Ela foi responsável por ajudar os israelitas a vencerem uma batalha organizada pela juíza Débora.

– Eu sei. – Yael olhou para as próprias mãos. – Não sou tão forte quanto a Yael original.

Calebe examinou o rosto dela, que tinha ficado pálido.

– Yael, não sei pelo que tem passado... só queria dizer que estou pronto para ajudar você no que for preciso.

– Preciso ir à outra cidade.

– Na quarta-feira.

Calebe tentava entender por que Deus lhe tinha dado mais três dias com Yael, para depois deixá-la partir. De qualquer forma, três dias eram melhores do que nenhum. A chuva que começara a cair em Harmony logo parou quando os dois pegaram a estrada de volta para casa. O sol ressurgira forte, e Calebe considerou que aquilo poderia ser um sinal de Deus, mostrando que tudo ficaria bem, ainda mais quando ele vira o belo arco-íris que se formara. Mas Yael mantinha-se firme no propósito de ir à cidade.

Ela se levantou e arrumou o vestido grande e pesado.

– Posso ajudar em alguma coisa, se for preciso. Não gosto de ficar parada.

Calebe se levantou.

– Quer conhecer o sítio?

Ela balançou a cabeça afirmativamente e o seguiu para fora de casa. Os dois passaram pelo galinheiro e pelo campo arado. Calebe explicou o processo de plantar trigo e desconfiou, pelas observações que Yael fez, que ela entendia alguma coisa de plantação. Chegando ao chiqueiro, a jovem aproximou-se da cerca de madeira e disse:

– Essa porca está prestes a dar à luz.

Calebe confirmou. Os dois caminharam pelo pomar, que só amadureceria seus frutos verdes no fim do verão.

– São árvores de maçã e pêssego. Minha tia faz conservas. Se você quiser provar, tenho uns vidros no porão.

Yael olhou para ele e não respondeu. Ela seguiu em frente até o cercado com os cavalos. Misty veio recebê-la.

– O nome dela é Misty. – Calebe passou a mão na cabeça da égua. – Os outros dois são Suni e Nevada.

– São bonitos.

Sem dizer mais nada, Yael virou-se e tomou a direção da casa, entrando logo pela porta aberta. Calebe a seguiu, mas parou quando viu uma poeira se formando ao longe, na estrada. Esperou. Reconheceu a carroça dos tios. Ele suspirou. Teria que se preparar para mais críticas da tia.

Tio Joaquim contornou a carroça ao lado da casa, desceu e ajudou a esposa a fazer o mesmo.

– Amelie queria ver como você estava. A moça encontrou o que queria?

Calebe se aproximou dos tios.

– Yael. O nome dela é Yael, e ela voltou.

– Voltou? – A tia quase gritou. – Como assim, voltou?

Calebe explicou o que tinha acontecido na cidade.

– Na quarta-feira ela toma a charrete para Belleville.

A tia soltou um muxoxo de reprovação.

– Obviamente ela não vai poder ficar aqui na sua casa. Não é direito, vocês dois sozinhos.

– O que você sugere, mulher? – Tio Joaquim amarrou a rédea do cavalo em um toco de madeira.

– Talvez devêssemos levá-la para nossa casa. Temos espaço.

Calebe queria dizer que não, mas a tia tinha razão.

– Vamos falar com Yael.

Na sala, a jovem balançou a cabeça negativamente depois de ouvir a proposta. Ela não explicou por quê, mas insistiu em ficar na casa de Calebe. Amelie tentou convencê-la do contrário, mas Yael insistiu.

– Bom, então amanhã trago algumas outras roupas para você. – Dizendo isso, a tia se despediu e saiu, acompanhada do marido.

– Espero não ter aborrecido você com minha insistência em ficar aqui. – Yael encostou-se na mesa.

– De jeito nenhum! – Calebe respondeu. Evidentemente, ele não poderia falar de sua alegria quando ela tomou a decisão de ficar.

– Já que vou embora, não quero causar transtorno para mais ninguém.

– Claro, claro.

No fim do dia, os dois comeram o resto da sopa que a tia tinha feito e foram dormir; ela, no quarto; ele, na sala. Quando Calebe acordou cedo na manhã seguinte, ele se assustou ao ver seu quarto vazio e a cama feita. Vestindo a roupa de trabalho apressadamente, ele correu para fora e suspirou aliviado ao ver Yael no galinheiro.

– Espero que não se importe que eu alimente as galinhas – ela disse, segurando uma lata de milho seco. Seu tom de voz não tinha inflexão. Era arrastado, como de alguém cansado ou doente.

– De jeito nenhum. E, se quiser ajudar com outras coisas, pode tirar água do poço e levar para os outros animais.

Calebe temia que ela se intimidasse com o trabalho e ficasse chateada, pensando que ele estava se aproveitando dela. Se ela estivesse se sentindo doente, poderia piorar. Yael parecia bem fisicamente, mas, quando falava, fazia um grande esforço.

Sem responder, ela foi até o poço. Calebe a observou puxando o balde. Ela era forte e experiente. Depois de cuidar dos cavalos, ele começou a semear o trigo na terra arada. De vez em quando, observava Yael cuidando dos animais. A expressão pesada do rosto dela melhorava um pouco quando estava com os bichos.

Antes do almoço, o tio trouxe uma sacola grande com roupas para Yael, que estava tirando mato da horta. Ela correu para casa e logo saiu, usando um vestido do seu tamanho. Agradeceu a Joaquim por ter trazido o pacote. Ele trocou umas palavras com o sobrinho e foi embora.

Calebe observou Yael trabalhando. Ele não pôde deixar de apreciar as curvas do corpo dela com o vestido do seu tamanho. A hora passou, e ela entrou em casa, voltando minutos depois com água e fatias de pão com manteiga em uma cestinha.

– Eu não sabia o que preparar para o almoço. – Ela entregou a cesta para Calebe.

– Como qualquer coisa. Não tenho muito tempo para cozinhar. Tia Amelie deixou um ensopado no porão. Pode se servir dele, se quiser.

Ele pegou a cesta e enxugou a testa com o antebraço. Sempre trabalhava sem camisa, mas não achou adequado com Yael circulando por ali. A camisa xadrez que ele usava estava encharcada de suor.

– Então, se não se importar, vou dar uma olhada no que tem no porão e preparo alguma coisa para o jantar – ela disse.

Calebe mal conseguiu controlar sua alegria. Yael se mostrava prestativa e segura de si. Ele só não podia pensar que quarta-feira chegaria, e ela iria embora.

Ou Deus realmente tinha outros planos para ela?

Capítulo 5

Calebe sentou-se de repente, o suor escorrendo pelo rosto e tronco. A sala estava completamente escura. Ofegante, ele jogou a coberta para o lado e se levantou do sofá estreito e empelotado, com a parede servindo de encosto. O sonho tinha sido nítido. Nele, Yael entregava a chave, que ela carregava presa a um cordão no pescoço, para Calebe. Ela dizia algo que ele não conseguia entender. Andando de lá para cá na sala escura, Calebe ouviu a voz novamente:

Você levará Yael a Belleville amanhã.

Calebe apertou a testa com as mãos.

– Deus, estou ficando louco?

A voz repetiu a mesma mensagem. *Você levará Yael a Belleville amanhã.*

– Amanhã é terça! Um dia mais cedo? – Ele se sentia um tolo falando sozinho. Para Deus não existia tempo; mas será que ele não sabia que os humanos contavam horas, dias, meses e anos?

Calebe soltou um gemido de frustração. Um som de voz chegou aos seus ouvidos, vindo do quarto. Ele foi até a porta e encostou o rosto na madeira rústica. Yael falava alguma coisa. Com cuidado, ele abaixou a maçaneta e tentou ajustar o foco da visão no escuro. O vulto da moça parecia se debater na cama.

Yael gemia como se estivesse com dor. Calebe hesitou, mas se aproximou da cama. Devagar, ele encostou a mão nela. Sua pele estava fria e suada. Calebe afastou-se rapidamente quando Yael gritou, um grito como ele nunca tinha ouvido. Era um uivo de um animal sendo ferido por uma flecha ou algo assim. Desesperado, Calebe aproximou-se dela, sentou-se na beirada da cama e a puxou para si. Ainda em transe, Yael chorava e chamava alguém. Nathan. Era esse o nome. O chamado não era de medo, mas de desespero, como se estivesse perdendo uma pessoa importante. Ela repetiu o nome várias vezes. Quem seria? Pai, marido, irmão?

Calebe a abraçou, mas logo a soltou quando ela acordou e se encolheu na outra beira da cama, longe dele.

– Você estava tendo um pesadelo. Eu vim aqui... vim... – Ele não sabia o que falar, nem como explicar.

Puxando a colcha até o pescoço, Yael disse:

– Estou bem agora.

– Nathan... é alguém importante. É quem você procura? – A voz de Calebe era como um sussurro. Ela não respondeu, mas sua respiração era ofegante. Ele ouviu a mesma ordem de levá-la cedo para Belleville. – Yael, eu mesmo vou levar você para a cidade, logo de manhã.

– Amanhã? Você não disse que a charrete só vem na quarta?

– O que quero dizer é que vou levar você para Belleville, não para Harmony. Não é para lá que quer ir?

– Sim.

A respiração de Yael se acalmou.

Calebe saiu do quarto e fechou a porta. O que estava fazendo? O que Deus estava fazendo?

* * *

A carroça balançava ao passar pelos buracos da estrada. O sítio tinha ficado para trás, assim como a vila de Harmony.

O sol já clareava o novo dia, que, para Calebe, era de grande angústia. Yael segurava-se no banco de madeira da carroça e olhava atentamente para a frente. Um calor repentino, pouco típico de primavera, esquentava a manhã. Calebe reduziu a velocidade e parou.

– Misty precisa de água. Está muito quente. Tem um rio logo ali embaixo. – Ele desatrelou a égua da carroça. – Quer vir comigo? – Calebe não queria deixar Yael sozinha naquela estrada perigosa.

Ela pulou da carroça e o seguiu. Ao se aproximarem do rio, Yael parou repentinamente. Calebe soltou Misty, que foi para a margem, e olhou para a jovem. Ela reconhecia aquele lugar, ele tinha certeza. O olhar dela era de tristeza e medo.

– Tudo bem? – ele perguntou.

– Vou voltar e esperar na carroça – ela respondeu.

– Por favor, não vá sozinha. Aqui não é muito seguro. – O alerta dele foi o suficiente para que ela desistisse.

Calebe esperou, enquanto Misty bebia água. Quando ela começou a comer o mato da margem do rio, ele assobiou e a égua veio ao seu encontro. Os dois voltaram para a carroça e continuaram a viagem. Yael não abriu a boca. Calebe apenas orava, tentando entender o enigma de Deus.

Belleville surgiu depois de uma curva. Se Yael dissesse para Calebe o que procurava, ele poderia ajudar. Quem era Nathan? No sono, ela repetiu o nome com muita angústia.

Belleville era um pouco maior que Harmony. Havia mais lojas, dois hotéis e outros serviços. Yael pediu a Calebe que a deixasse na delegacia. Ele ficou curioso. Seu pai tinha sido o xerife de Harmony e ouvia muitas histórias interessantes e assustadoras dos moradores e visitantes. Que história Yael teria? Pelo menos, não parecia que ela fugia da justiça. Ele se ofereceu para ir junto, mas ela pediu que ele esperasse do lado de fora. Não demorou muito, e ela retornou com o semblante caído.

Depois pararam no hotel, no banco e em uma enfermaria. Calebe sempre aguardava do lado de fora. Yael saiu dos três lugares como entrou: desanimada. Na loja, que vendia desde alimentos não perecíveis até alguns implementos agrícolas, Calebe foi junto, com a desculpa de comprar alguns itens para o sítio. Dos fundos da loja, ele observou Yael conversando com o casal dono do estabelecimento. Marido e mulher balançavam a cabeça negativamente conforme a jovem fazia perguntas.

Antes de saírem do comércio, Calebe comprou pão e algumas frutas. De volta à carroça, ele ofereceu a comida a Yael, que comeu vorazmente.

Sem saber ao certo aonde mais ela queria ir, Calebe desceu a rua principal devagar, os cascos de Misty batendo no chão de britas.

– O que fazemos agora? – Ele hesitou fazer a pergunta seguinte, mas ouviu nitidamente uma ordem para que a fizesse. – Quer que eu a deixe no hotel?

O silêncio seguinte deixou Calebe angustiado. E se ela respondesse sim? Ele nunca mais a veria. E como ela se sustentaria? Obviamente não tinha dinheiro. Talvez ele devesse dar algum a ela. Nem sabia quanto custava uma noite no hotel.

Uma carroça passou na direção contrária, e depois outra. Chegaram ao fim da rua. Calebe puxou a rédea e Misty parou.

– Se não se importa, prefiro voltar e ficar em Harmony – Yael disse.

Não está tudo perdido, Calebe pensou. *Mas não é o que eu esperava, Deus.*

No percurso até Harmony, a cabeça de Calebe rodava, tentando achar alguma coisa inteligente para dizer que convencesse Yael a voltar para a casa dele. Ele só não contava com a confissão dela.

– Nathan é meu irmão. Ele tem 9 anos. E Sara tem 12. Os dois foram raptados.

Calebe prendeu a respiração e olhou para a mulher a seu lado. Não queria fazer qualquer movimento brusco para não a assustar. Queria ouvir mais. Queria saber mais.

– Como foi isso?

Yael então narrou o trágico acidente no rio, a perda dos pais e o episódio com Abadon e Mariposa. Calebe teve a impressão de que havia mais coisas sobre esse encontro do que o simples mau humor do homem, que Yael descreveu como sendo parecido com um urubu.

– Esse casal me largou na estrada e levou meus irmãos. Eles são tudo o que tenho. – As lágrimas rolaram pelo seu rosto empoeirado.

O sol começava a descer no horizonte, deixando o ar mais fresco. O barulho das rodas da carroça e do casco de Misty produzia um tom melancólico.

– Yael, eu sinto muito. Agora entendo seu desespero.

Naquele momento, Calebe agradeceu a Deus por ter colocado Yael na sua vida. A misericórdia que sentia por ela se transformou em amor. Ele se surpreendeu com aquele sentimento tão poderoso. Em seu coração, em seus sonhos, Calebe já amava a mulher que Deus tinha para ele. Yael não era uma mera desconhecida, mas a mulher que já ocupava seus pensamentos e, agora, seu coração. Ele morreria por ela. Morreria, se fosse preciso, para achar Nathan e Sara.

O jovem puxou Misty para o acostamento, e a carroça parou. Yael olhou para ele, assustada. Calebe virou-se no banco de madeira e ficou de frente para ela. Não resistiu e a segurou de leve pelos ombros, que ela encolheu bruscamente, porém Calebe não a soltou.

– Yael, ouça bem o que vou dizer: prometo achar Nathan e Sara. Nem que isso me custe a vida. Não vou descansar, enquanto eles não estiverem sãos e salvos ao seu lado. Pode contar com isso. Estou empenhando minha palavra.

Yael relaxou os ombros. Calebe a soltou, mesmo que sua vontade fosse de tomá-la nos braços e dizer que a amava incondicionalmente. Ele ouviu um barulho e, assustado, virou-se para trás. Yael olhou também. Calebe não viu nada de estranho. No entanto, a voz veio em seguida: *Faça a proposta de casamento*. Seria Deus ou sua imaginação por estar tão arrebatado pela descoberta do amor?

– Calebe, aconteceu alguma coisa? – Yael olhou ao redor, os olhos assustados buscando o perigo.

Ele segurou nas mãos dela, mas ela as puxou de volta. *Deus, que ridículo. Vou pedir em casamento uma mulher que não aguenta nem meu toque em suas mãos?* A resposta foi clara: *Faça a proposta*.

Calebe limpou a garganta e olhou nos olhos daquela mulher que ele mal conhecia.

– Yael, aceita ser minha esposa?

Capítulo 6

Yael ouviu a proposta de Calebe e pensou ter ouvido errado. Ele a pedia em casamento? Ela, uma desconhecida? Que homem pediria em casamento uma mulher que não era ninguém, que tinha tido sua identidade roubada, sua dignidade esmagada na beira de uma estrada? Ela sempre sonhou em se casar, ter filhos, construir um lar. Sua família não era perfeita. Seu pai jogava e perdera o que tinham. Sua mãe era ansiosa e acabou morrendo no rio por causa dessa ansiedade. Eles saíram da cidade natal, onde estavam os amigos, para tentar a vida em uma terra estranha. A recepção que Yael teve foi feita por Abadon, que a transformou de menina virgem em um pedaço de carne largado aos urubus. Calebe estava mesmo oferecendo casamento?

Ela olhou para aquele homem à sua frente. Gotas de suor escorriam pelo rosto dele, apesar do fim de tarde fresco. Os olhos dele eram claros e límpidos. O queixo, forte e quadrado, estava tensionado. Será que ele não conseguiria uma mulher melhor, uma mulher digna, que fizesse dele um homem feliz? Ele parecia um bom homem; no conceito de Yael, alguém muito diferente de Abadon. E se a comunidade e a igreja dele descobrissem que ela era uma mulher sem inocência? E se tia Amelie soubesse? A tia a tinha ajudado a se lavar e pensou que o sangue seco em sua perna era de menstruação. Yael não teve coragem de dizer que não era.

– Yael, eu... – Calebe interrompeu a frase.

Ele desistiu, tenho certeza, Yael pensou.

– Calebe, quanto tempo falta para chegarmos a Harmony? Você acha que encontro um lugar para ficar, onde me ofereçam trabalho em troca de um quarto e comida? Uma casa de família, talvez?

– Yael, eu quero que você seja minha esposa.

Ele não entendia. Yael queria gritar. Como poderia ter um homem depois do trauma pelo qual passara? Quando Abadon perguntou se ela conhecia homem, ela nem entendeu o que aquilo significava. Agora ela conhecia homem, e não tinha gostado nem um pouco. E o que ela faria de sua vida? Calebe prometeu que acharia Nathan e Sara. Talvez devesse aceitar a proposta para que ele não esquecesse a promessa. E se ele exigisse a consumação do casamento? Ela não conseguiria. Nunca conseguiria que um homem encostasse nela de forma íntima.

– Yael, eu não sei nada da sua vida. Sei do que acabou de me contar, mas não sei mais nada. Quero dizer que minha proposta é incondicional. Não importa pelo que você passou. Mesmo que, no futuro, me conte a coisa mais dolorosa, da qual se envergonhe, prometo amar você.

Amar? Como Calebe pode falar de amor se mal me conhece?

– Eu...

– Sei que você não me conhece. Espero o tempo que precisar para que me conheça melhor e, quem sabe, até goste um pouco de mim. Prometo cuidar de você sempre.

Esperar? Ele esperaria mesmo? Yael não tinha para onde ir. Não tinha dinheiro. Não conhecia ninguém. Mas seria justo com Calebe guardar esse segredo que ela carregava desde que perdera a identidade na beira da estrada?

– Calebe, não sou quem você acha que sou. Você pode se arrepender.

Ele estendeu as mãos para segurar as dela, mas Yael se retraiu.

– Não me importa o que tem no seu passado. O que me importa está no presente e no futuro.

Calebe se enganava, Yael sabia. Já que ela não era mesmo aquela pessoa que havia sido até encontrar Abadon no seu caminho, não tinha mais o que perder. Afinal, um pedaço de carne humana sem valor não tinha mais nada a perder. Faria aquilo por Nathan e Sara.

– Está bom. Aceito sua oferta, mas digo que não tenho nada a oferecer.

O sorriso dele não foi correspondido pelo dela. Ele virou-se para frente e pegou as rédeas. Harmony ficou para trás, e Yael se surpreendeu quando Calebe tomou outra estrada, que não a que levaria ao sítio.

– Não é correto morarmos na mesma casa sem sermos casados. Vamos falar com o pastor Samuel.

De fato, não era correto conhecer homem fora do casamento. Yael não tinha como redimir esse pecado em sua vida.

Capítulo 7

Tia Amelie tentava disfarçar o desgosto com um sorriso plastificado na face. Ao lado do marido, ela assinou o papel do casamento, como testemunha. Joaquim deixou sua assinatura no documento também. O semblante do pastor Samuel era tranquilo, o que deixou Calebe à vontade na pequena igreja com o teto pingando. A chuva tinha chegado assim que ele e Yael pararam na porta da casa do pastor. Calebe deu-lhe a notícia e, em menos de meia hora, a esposa do pastor, Violeta, abriu a igreja e arrumou o altar com uma toalha rendada e algumas flores-do-campo. Ela tocava uma música suave ao piano, enquanto os noivos ouviam uma breve mensagem do pastor. A cerimônia não durou mais do que quinze minutos, e Calebe agradeceu efusivamente a disposição de todos em ajudar. A alegria dele destoava da apatia de Yael e do mau humor da tia. Calebe, porém, sentia uma grande paz no coração. Deus tinha confirmado a ele, enquanto o pastor pregava, que abençoaria sua união com Yael.

De volta ao sítio, Calebe mal continha sua animação. Depois de cuidar dos animais, talvez ele devesse fazer um jantar especial para celebrar o grande dia. Ele lavou as mãos na bacia de lata na pia, enquanto explicava à nova esposa que voltaria logo que cuidasse dos animais e que ela não se achasse obrigada a ajudar. Calebe queria que Yael descansasse da viagem e do dia carregado de emoção. Ele enxugou as mãos na calça marrom rota e parou à porta antes de sair. Seu sorriso morreu no rosto com o que Yael disse em seguida:

– Você pode voltar a dormir na sua cama, e eu durmo na sala. Se não se importar, gostaria de usar aquele canto como meu quarto. – O tom de voz de Yael era destituído de emoção. Seu dedo apontava para um canto da pequena sala, ao lado da janela.

Calebe olhou para Yael. Ele se sentiu um perfeito idiota. Que mulher decente dormiria com um homem que mal conhecia? Yael tinha deixado claro que não tinha o que oferecer e que precisava de tempo. Agora Calebe entendia o que ela quis dizer.

– Acho melhor você ficar no quarto. Eu posso fazer uma cama para mim e dormir aqui na sala. – Ele tinha prometido a Yael amor incondicional. Ela o teria. Calebe esperaria o quanto precisasse. Queria sua mulher por completo: corpo, alma e coração. – Vou dar uma olhada nos animais e já volto. Fique à vontade. A casa é sua agora. – Ele olhou para aquela jovem mulher de semblante tão pesado, e seu coração inflou de amor.

– Depois queria conversar com você sobre a rotina da semana. Gostaria de ter algumas tarefas. Sei cozinhar, lavar roupa e costurar. Também posso cuidar dos animais e da horta.

Em outras circunstâncias Calebe se alegraria com tantos dons da esposa. Ela, no entanto, falava como se ele tivesse contratado uma empregada.

– Podemos conversar, sim, mas já adianto que quero que você seja feliz. Faça aquilo que gosta de fazer. – Ele sorriu e saiu da casa.

Calebe cuidou das galinhas, dos porcos e dos cavalos. Nenhum sinal de que a porca daria à luz. No celeiro, ele tomou um banho e trocou de roupa. Pegou mais água no poço e voltou para casa com um grande balde cheio. Quando ele abriu a porta, um aroma maravilhoso fez sua boca salivar. Nunca sua modesta casa exalara um cheiro tão gostoso. Yael tinha trocado de roupa, e seu cabelo estava preso no alto da cabeça com algumas mechas soltas em torno do rosto. Ela enxugou as mãos no pano de prato e deu um discreto sorriso.

– O jantar sai em meia hora.

Calebe encheu a bacia da pia com água fresca.

– O cheiro está muito bom!

Yael abriu a porta do forno e tirou um bolo.

– Espero que não se incomode de eu mexer no porão.

– A casa é sua, e você decide o que fazer. – O tom dele era de encorajamento. – Você acha que precisa de mais água?

Yael olhou para a bacia.

– Acho que não.

O jantar transcorreu tranquilamente. Calebe deu uma lista detalhada das atividades do dia a dia e pediu que Yael escolhesse o que gostaria de fazer. Ela disse que cozinharia, lavaria as roupas, cuidaria das galinhas, dos porcos e da horta.

Juntos, o jovem casal arrumou a cozinha. Calebe trocou a água da bacia e apagou a chama do fogão. No inverno, ele o usava como mais uma fonte de calor além da lareira. Yael foi para o quarto e voltou em seguida com uma caixinha de madeira.

– Achei isso aqui na sua cômoda. É uma caixa de costura. Vou remendar suas roupas, se não me achar intrometida.

Calebe trocaria de bom grado as roupas remendadas por uma conversa mais íntima com Yael, mas ele sabia que isso não aconteceria tão cedo.

– Claro, claro.

Ele foi até a mesa, pegou sua Bíblia com as páginas gastas e se sentou. Leu à luz do lampião, enquanto Yael costurava, com outro lampião ao seu lado.

Calebe estava bem ciente da presença dela. Ela era uma mulher especial, ele tinha certeza. Machucada por alguma coisa além da perda dos irmãos, mas de uma docilidade um pouco abafada pela tristeza. Enquanto Calebe lia alguns capítulos de Provérbios, ele pedia a Deus sabedoria para cuidar de sua mulher. Gostava de pensar em Yael como sua mulher, apesar de não se conhecerem ainda como homem e mulher. Vez por outra, ele olhava para ela. As mãos da jovem remendavam a calça com grande habilidade. Entre um remendo e outro, ela levava a mão delicada à chave pendurada no pescoço, e seu olhar ficava perdido num canto da sala. Calebe queria saber o que a chave abria. Na certa, tinha uma ligação com Nathan e Sara. A promessa de encontrar os irmãos dela ficava martelando em sua cabeça. Por onde começaria?

Um lampejo de esperança acertou Calebe em cheio. Seu pai tinha sido xerife em Harmony. Xerife Heller, como era conhecido, viajava bastante a outras cidades e tinha muitos contatos com outros xerifes. Calebe escreveria para as delegacias de várias cidades num raio de cem quilômetros. Seria muito provável que o sequestrador de Nathan e Sara não tivesse ido muito longe, com duas crianças a tiracolo.

Levantando-se, ele foi até uma caixa de madeira no canto da sala e tirou papel de carta, tinta e envelope. Yael parou a costura e o observou. Ele voltou para a mesa e preparou a caneta-tinteiro. Escreveu uma carta e a deixou de lado secando. Yael largou a calça comprida que costurava e se sentou na cadeira de frente para Calebe.

– O que está fazendo?

Sem tirar a caneta do papel, ele olhou para ela.

– Meu pai era xerife. Morreu defendendo nossa cidade. Ele conhecia muitos xerifes da região. Estou escrevendo para eles, para saber se suspeitam de quem possa ter raptado seus irmãos. Não creio que alguém possa carregar duas crianças por aí sem levantar suspeitas.

Yael entrelaçou os dedos. Pela primeira vez, Calebe viu os olhos dela brilharem.

– Você acha que alguém pode ter visto Nathan e Sara?

– Acho.

Ele voltou a escrever. Ele terminou a quinta carta, e Yael ainda estava sentada na cadeira, observando cada movimento que ele fazia, uma vez por outra segurando a chave pendurada no pescoço.

– Pronto. Quer me ajudar a envelopar e selar as cartas?

A jovem balançou a cabeça com veemência.

– Quero.

Minutos depois, a pilha de cartas estava pronta.

– Amanhã cedo, vou levá-las à agência postal.

Yael levou as mãos ao peito.

– Obrigada, Calebe.

Ele desejou segurar as mãos dela, mas decidiu não fazê-lo. Em vez disso, levantou-se.

– Acho que vou me deitar. Foi um dia corrido.

Yael se levantou e correu até o quarto, voltando com algumas cobertas.

– O mínimo que posso fazer é arrumar o sofá para você.

Ela esticou um lençol, que certamente tinha sido feito pela tia. Colocou a fronha em um travesseiro e estendeu uma coberta.

Calebe observava do canto da sala.

– Não precisava se incomodar. E, Yael, obrigado pelo jantar. Estava maravilhoso.

Ela balançou a cabeça, deu-lhe boa-noite e entrou no quarto, fechando a porta atrás de si.

Capítulo 8

Yael acordou com o sol batendo em seu rosto. Esfregando os olhos, ela levou um tempo para assimilar o ambiente ao redor: a cômoda com uma bacia e uma jarra, uma cadeira com uma coberta de retalhos jogada no encosto e o tapete de cordão ao lado da cama. Ela refez a trança embaraçada, enquanto se vestia. Não dormia tão bem havia tempos.

A semana de viagem com os pais não lhe permitira descansar no sacolejo da carroça e durante as noites insones com medo de ataques dos bandidos. Os últimos dias na casa de Calebe tinham sido emocionalmente intensos. Sua chegada, depois de ter se arrastado pela estrada escura, com fome, sede e pavor, e o cuidado de Calebe, até então um desconhecido – tudo tinha sido uma jornada de emoções conflitantes. Algumas vezes, Yael pensou que seu coração estouraria, que suas pernas não aguentariam seu pouco peso.

Apesar das horas de sono profundo na noite anterior, Yael sentia a cabeça pesada e os músculos doloridos. Seu palpite era que levaria um tempo para se recuperar completamente, pelo menos na parte física. A emocional seria outra história, talvez sem uma recuperação total. Não sem seus irmãos, seus pais e sua dignidade feminina. Ela suspirou, arrumou a cama e saiu do quarto.

Na cozinha, ela encontrou café fresco, pão e manteiga. Sua fome tinha aumentado nos últimos dois dias. Yael passou uma farta camada de manteiga no pão e encheu a caneca de café. Sentou-se à mesa e puxou um bilhete de Calebe, que explicava que ele tinha ido a Harmony para enviar as cartas aos xerifes das cidades vizinhas.

Yael terminou uma fatia do pão e pegou outra. Uma vontade de comer fruta a levou ao porão. Ela escolheu duas compotas de fruta, feitas pela tia Amelie: uma de pêssego e outra de pera. Voltando para a cozinha, ela abriu os dois vidros. Comeu metade de um e um quarto do outro.

Satisfeita, arrumou a cozinha e foi para o galinheiro. Cuidou das galinhas e dos porcos. Atrás da casa, arrancou mais mato da horta. Conforme Calebe explicara, tia Amelie tinha plantado a horta, mas ele não tinha tempo para tirar o mato e regar. Yael capinou o mato que crescia entre as fileiras de brotos de verduras e legumes, e buscou um balde com água do poço para aguar as plantas meio murchas. O trabalho era cansativo, mas lhe dava satisfação. Gostava da normalidade das tarefas domésticas e do cuidado com a terra. Era uma forma de se sentir viva e útil, de passar o tempo até que tivesse notícias dos irmãos.

Saindo da horta, Yael foi ao celeiro para fazer um reconhecimento do local. Arrumou umas ferramentas que estavam jogadas no chão, varreu a entrada e empurrou para um canto o feno que estava espalhado. Antes de sair do celeiro, ela parou ao lado da tina com água encardida. Uma barra de sabão e uma toalha estavam arrumadas numa prateleira improvisada, perto de uma muda de roupas. Yael pegou um balde e tirou a água suja. Foi até o poço e fez várias viagens até encher a tina com água limpa.

Voltou para a casa e começou a preparar o almoço. Calebe dissera que não se importava muito com essa refeição, mas não custaria nada Yael preparar alguma coisa nutritiva. A fome que ela sentia era incomum. Talvez fosse todo o trabalho da manhã. Do porão, ela pegou alguns legumes da estação passada e outros em conserva.

Pensou em matar uma galinha, mas não sabia qual Calebe escolheria. De qualquer forma, ela foi ao galinheiro e pegou seis ovos.

Yael gostava de criar suas próprias receitas. A mãe nunca tinha sido boa cozinheira e, como seu pai gostava de comer bem, Yael se viu forçada a aprender. Com isso, tomou gosto pela cozinha. Os pais de uma professora da sua escola eram franceses, e Yael ganhou de presente deles um livro com receitas em francês. Por causa disso, ela aprendeu não só culinária, mas também a língua francesa, pelo menos o suficiente para ler as receitas.

Mexendo nos ingredientes, Yael criou uma torta salgada. Esperava que Calebe não se incomodasse por ela usar tantos temperos diferentes. Quando ele sentisse o cheiro, certamente não reclamaria.

Um pouco antes do almoço, ele chegou em casa, carregando alguns embrulhos. Curiosa, Yael foi até a carroça, repleta de ripas de madeira. Calebe a chamou dentro de casa, e a atenção dela voltou-se para os pacotes em cima da mesa. Ele fez um sinal para ela na direção dos embrulhos.

– Abra. Espero que goste.

Yael abriu os pacotes e achou várias peças de tecido colorido, linhas, agulhas e outros artigos de costura.

– Para que tudo isso?

Calebe deu de ombros.

– Sei que mulheres gostam de vestidos novos. Achei que gostaria.

Yael passou a mão em uma das peças, um tecido acetinado azul-claro, com pequenas bolinhas brancas e rendas azuis e brancas.

– É lindo!

Ele correu os dedos pelo cabelo.

– Não pense que tenho bom gosto para escolher essas coisas. A dona da loja me ajudou.

Yael abriu os outros pacotes e comentava sobre as estampas alegres. Por que ele estava fazendo tudo aquilo? Ela não tinha feito nada para merecer tanta consideração.

– Obrigada. É tudo muito lindo.
Ele sorriu e foi até a pia.
– E esse cheiro? Nunca senti nada igual.
Yael correu até o forno e tirou a forma.
– Quase me esqueci disso. Ainda bem que não queimou.
– Está com uma cara tão boa, que eu comeria mesmo queimado!
Ela pegou um prato e serviu um farto pedaço para ele.
– Enviou as cartas?
Ele abocanhou um pedaço da torta e soltou um barulho de satisfação.
– Fui o primeiro a chegar à agência postal. Na próxima semana, já podemos esperar algumas respostas.
Yael sentou-se na cadeira e apoiou o cotovelo na mesa.
– Tento não pensar no pavor de Nathan e Sara. Perderam os pais e foram levados para não sei onde.
Calebe largou o garfo e agachou-se ao lado de Yael.
– Vamos encontrá-los, eu prometo – disse ele, voltando a se sentar e se deliciar com a refeição.
Ele era um bom homem, trabalhador, dedicado e respeitoso. Na presença dele, Yael sentia-se segura, sentia-se em casa. Ele não era em nada parecido com Abadon. Aquele homem era um monstro, um criminoso. Ainda assim, era difícil pensar que algum dia ela se entregasse totalmente a um homem por vontade própria. Só de pensar no que acontecera na beira do rio, ela tinha vontade de vomitar. O sorriso grotesco, as unhas amareladas, os lábios arroxeados, tudo nele personificava o que existia de ruim em um ser humano.

Quanto a Calebe, seu cabelo brilhava com os raios de sol que entravam pela janela da cozinha. A pele dourada no rosto bonito e nos músculos dos braços exibia saúde e disposição para o trabalho no campo. Os lábios abriam-se fácil em um sorriso quando olhava para ela. Esperava que ele nunca usasse sua força para conseguir o que ela não poderia dar.

Levantando-se, Yael abraçou os embrulhos e se levantou.

– Obrigada, mais uma vez.

– Nunca achei que fosse gostar de comprar tecidos e essas coisas que nem sei os nomes! – Ele sorriu e enfiou outro pedaço de torta salgada na boca.

Yael ficou parada de frente a Calebe, seu olhar viajando pelos ombros dele. Ela suspirou e foi para o quarto.

No meio da tarde, ela preparou um lanche para ele, outra tarefa rotineira que lhe dava prazer. Colocando tudo em uma cesta, ela cruzou o campo até onde o marido estava. Os músculos fortes de Calebe sem camisa mostravam o poder para o trabalho pesado, ao manejar o arado puxado por Misty. Ele acenou para a esposa, deu ordem para a égua parar e enxugou o rosto com as costas das mãos. Em poucos minutos, devorou o pão e bebeu a água. Yael o observava em silêncio. Gostava das ruguinhas que surgiam nos cantos dos lábios dele quando comia algo que lhe dava prazer.

Voltando ao celeiro, Yael encontrou uma cama, que Calebe tinha provavelmente feito com as ripas que trouxera da cidade. Um colchão de palha estava encostado na parede de madeira. Yael o arrastou para casa. Procurou no baú do quarto algumas roupas de cama. Não era justo Calebe dormir na sala. Talvez ela devesse sugerir que ele colocasse a cama no quarto também. Ela arrastou o colchão para o quarto e verificou que caberia uma cama bem no canto, ao lado da cômoda.

Uma pontada na barriga obrigou Yael a se sentar. Uma tontura repentina tomou conta dela, mas passou tão rápido quanto veio. Levantando-se, ela escancarou a janela e inspirou o ar fresco. Talvez estivesse comendo demais. Ainda nem era hora do jantar, mas o sono chegou de forma repentina. Sentando-se na cama, ela considerou tirar um cochilo, o que não era habitual. No entanto, o travesseiro a convidou para uma deitada rápida. A jovem não resistiu, e se esticou na cama. Seus olhos se fecharam imediatamente.

* * *

Yael acordou assustada com um barulho na sala. Levantou-se e precisou se escorar na cômoda para não cair. Viu pontos brilhantes no ar e esperou que a sensação passasse. Sentindo-se melhor, foi para a cozinha.

Calebe, mexendo numa panela, olhou para ela por cima do ombro.

– Estou esquentando o ensopado da minha tia. Nem sei se ainda está bom. Espero que sim.

Yael se aproximou do fogão, e seu estômago roncou.

– Nem acredito que estou com fome de novo. Por que não me acordou para preparar o jantar?

– Você estava dormindo tão bem que não quis perturbar. – O rapaz pegou um prato e colocou ensopado para ela. – Coma!

Yael devorou a comida com se não comesse havia dias. Calebe, sentado de frente para ela, a observava com curiosidade.

– Minha tia cozinha bem. Ela faz um ensopado com carne de caça que é uma delícia. Eu e o tio Joaquim caçamos no outono.

Yael terminou o ensopado e abriu um vidro de compota de pera. Comeu o que tinha sobrado do almoço. A dor na barriga voltou, e ela se recostou na cadeira.

– Acho que comi muito de novo.

Calebe olhou para ela com preocupação e começou a lavar a louça.

Depois que arrumaram a cozinha, os dois descansaram no sofá; ele lendo a Bíblia e ela costurando. O sol se escondeu, e Calebe acendeu os lampiões. O casal continuou assim, cada um em sua atividade, até que Yael disse:

– Trouxe o colchão novo do celeiro. Ele está no quarto. Acho que cabe mais uma cama lá.

Calebe levantou os olhos da Bíblia e olhou para ela com espanto.

– Eu ia colocar a cama ali naquele canto. – Ele apontou na direção da janela.

– É meio estranho ter uma cama na sala.

Ele balançou a cabeça.

– É!

Levantando-se, o rapaz saiu da casa e voltou em seguida com a cama nova, que era apenas uma estrutura simples, sem cabeceira.

Yael o ajudou a colocá-la no quarto. Juntos, botaram o colchão e ajeitaram as roupas de cama.

– Até que coube bem aqui – disse Calebe, com um olhar curioso sobre a esposa.

– Coube! – repetiu Yael.

Já debaixo das cobertas, ela ouviu o leve ressonar de Calebe ao seu lado. Yael aconchegou-se na cama e pensou que tinha tomado uma decisão acertada ao ter-se casado com ele. Calebe cumpria sua parte de amor incondicional, mesmo que ela não entendesse bem esse conceito.

Uma momentânea acusação em sua consciência a lembrou de que ela mesma não cumpria o que se esperava de uma esposa. Nenhuma quantidade de trabalho que fizesse no sítio substituiria o que consumaria o casamento como tal.

No entanto, a apreensão e uma leve náusea decretaram que o tempo da consumação do casamento talvez nunca chegasse.

Capítulo 9

O restante da semana passou sem grandes novidades; a não ser pela porca, que finalmente deu oito filhotes. No sábado à noite, Yael não participou da rotina que ela e Calebe criaram de leitura e costura. O cansaço aumentava a cada dia. Talvez estivesse doente, mas e os outros sintomas? O apetite continuava igual – descontrolado. Yael preferiu um banho, e Calebe encheu a banheira do quarto para ela.

Na água quente, tentou não pensar em como seria o encontro dela com a tia Amelie e os membros da igreja. Eles a tratariam bem ou com a mesma desconfiança da tia? A chegada de uma pessoa nova em uma comunidade pequena poderia causar fofoca e rumores, ainda mais quando ela vinha só. Em poucos dias, Yael passou de membro de uma família com pais e irmãos a uma pessoa avulsa. Suas raízes tinham sido arrancadas. Ser enxertada em outra família e comunidade poderia trazer dissabores, ainda mais com seu passado sujo.

Yael passou a esponja no corpo. Algumas partes ainda estavam doloridas da violência na beira da estrada e da busca por abrigo na noite. Porém, a pior dor estava em sua alma. Yael se sentia humilhada, um trapo de imundícia. Não era assim que a Bíblia chamava quem participava de um ato vil? Ela tinha consciência de que era a vítima, mas as pessoas não queriam saber. Arrumavam um jeito de culpar a vítima como aquela que incentivou o ataque. Yael vivera um pouco disso com seu pai. Quando ele perdeu a propriedade em uma aposta, muitos na comunidade foram rápidos em atirar pedras em vez de ajudar a família. O que as pessoas não entendiam era que, quando tacavam pedras no pai, a família toda era atacada igualmente. Yael temia que, ao levar pedradas, Calebe também sofresse com o ataque. Ele não merecia isso.

A pontada na barriga voltou. Yael franziu a testa e passou a esponja com vigor no ventre. Não era dada a cólicas pré-menstruais. Talvez o trauma de tudo pelo que passou trouxera o sintoma inesperado.

A água estava fria quando ela saiu da banheira. O cabelo longo castanho escorria pelas costas. Um passeio ao ar livre ajudaria a secá-lo. Yael colocou um vestido confortável e foi para a sala. Calebe levantou os olhos das páginas da Bíblia e a examinou de cima a baixo.

Yael sentiu o rosto queimar. Precisava de ar.

– Vou dar uma volta lá fora, para meu cabelo secar um pouco.

Calebe se levantou e fechou a Bíblia.

– Acompanho você, se não se incomodar.

Ela fez um leve gesto com a cabeça, concordando. Saíram juntos sob o luar. Passaram pela horta, e Yael explicou o que tinha feito de manhã para liberar os brotos do mato. Depois foram até o cercado de Misty. Yael e Calebe se encostaram na cerca alta.

– Estava pensando... – Yael riu quando Misty puxou o cabelo dela com os lábios. – As pessoas na sua igreja não vão achar estranho um casamento tão precipitado?

Calebe colocou o lampião em cima de um tronco.

– Provavelmente. Pastor Samuel vai nos apresentar, e vou falar algumas palavras, mas não se preocupe; não vou compartilhar nada da sua história.

Ela suspirou. Se Calebe soubesse o resto da história, talvez sua atitude não fosse tão confiante.

– E o que vai falar sobre como nos encontramos?

– Vou falar a verdade: que Deus mandou você para cá... para mim.

Yael arregalou os olhos.

– Essa é a verdade?

Calebe virou-se para ela e apoiou o cotovelo na cerca. Misty cutucou o braço do dono, que lhe afagou o focinho.

– Há pelo menos um ano, eu sempre tinha o mesmo sonho. Uma mulher aparecia na minha porta de madrugada, e Deus me falava que ela seria minha esposa.

Yael deu uma risada nervosa, mas logo ficou séria quando viu a seriedade de Calebe.

– Isso não é tão difícil de acontecer. Muitas famílias viajam por aqui; qualquer uma poderia pedir ajuda, até uma mulher casada ou bem velha.

– Mas não com uma chave na mão. – O olhar de Calebe desceu pelo pescoço de Yael.

Yael levou a mão à chave.

– Uma chave?

Ele balançou a cabeça, confirmando.

– E exatamente como a sua. Quando você bateu na minha porta de madrugada e encontrei você desfalecida, eu me lembrei do sonho. Só fui acreditar quando abri sua mão.

Yael considerou aquela revelação. O detalhe da chave fazia a história parecer real. Ela tentou pensar em alguma contra-argumentação, mas não conseguiu. Por que então Deus destruiria a vida dela para que Calebe tivesse uma esposa? Não parecia justo.

– E se eu não tivesse perdido minha família? Você não teria uma esposa.

– Não sei explicar isso, Yael. Talvez Deus tenha uma coisa maior para nos mostrar.

Os olhos de Yael arderam.

– À custa da vida dos meus pais e dos meus irmãos? E da minha dignidade?

Ela levou as mãos ao rosto e saiu correndo de volta para casa.

Capítulo 10

Não existe tortura maior do que ouvir a pessoa amada chorar e não a poder consolar, pensou Calebe ao se virar, pela décima vez, na cama nova no canto do quarto. Por mais difícil que fosse para ele entender as perdas de Yael e o casamento por consequência disso, Calebe tinha que concordar com ela: a desgraça dela tinha se tornado a bênção dele. Não era mesmo uma circunstância justa.

O ar no quarto escuro tinha ficado pesado. Yael diminuiu o choro e começou a soluçar. A angústia de Calebe aumentou. Seu peito estava pesado, como se uma bigorna o esmagasse. Queria transferir para si mesmo a dor da esposa. Se uma lição Calebe estava aprendendo, era que o amor incondicional doía. *Deus, me ajude a entender qual lição preciso aprender.*

Quando finalmente Yael dormiu, Calebe fechou os olhos, mas sua mente estava povoada de perguntas. O que ela quis dizer com perda da dignidade? O homem que raptou seus irmãos a teria tocado? De que forma? Só de pensar na possibilidade, sentiu-se não só nauseado, mas irado. A enormidade da maldade de um rapto ou estupro tornou-se clara na cabeça dele. Um vulcão de ira se acendeu e ameaçava espirrar lava para todos os lados. Calebe apertou as mãos em punho, como se procurasse alguém para esmurrar. Se pegasse o tal homem, não sobraria muito dele para contar a história.

Você está entendendo o que sinto com a injustiça, Calebe? A voz era real, como sempre acontecia. Uma lágrima escorreu pelo rosto dele.

Você consegue entender qual é a dor de ver meus filhos sofrendo as consequências dos pecados da humanidade? Calebe sentou-se na cama como uma mola; o peito doía, o coração ardia. Precisava beber água. Sua garganta estava fechando. Devagar, ele foi para a cozinha. Encheu um copo com água fresca e a bebeu como um peregrino no deserto.

– Deus, o que faço?

A resposta foi a mesma: *Cuide e ame!*

Calebe acendeu o lampião e abriu a Bíblia. Folheando-a para lá e para cá, achou o que procurava: *Marido, ame a sua esposa assim como Cristo amou a Igreja e deu sua vida por ela.*[1]

Fechando a Bíblia, Calebe apagou o lampião e voltou para o quarto. Antes de se deitar, parou ao lado da cama de Yael. Ela dormia em posição fetal. Seu vulto, iluminado pelo luar, era como o de uma criança frágil, com os cabelos longos espalhados pelo travesseiro. Calebe se ajoelhou ao lado dela e deitou o rosto na manta de cabelo escuro. A fragrância de rosas entrou em suas narinas.

– Deus, me ensine a demonstrar meu amor por Yael – ele sussurrou.

Yael virou-se na cama, e Calebe levantou o rosto. A mão dela esbarrou no braço dele e o segurou. Ele permaneceu parado, controlando a vontade de pegá-la em seus braços. Yael puxou o braço do marido para perto do seu corpo e o abraçou, como quem abraçasse um travesseiro.

Ali ele permaneceu, sonhando com o dia em que Yael o abraçaria por completo.

* * *

---
1 *Efésios* 5:25 (NTLH).

O cheiro do cabelo de Yael ainda perfumava o braço de Calebe quando ele acordou. Pelos seus cálculos, ele tinha dormido apenas duas horas. Os momentos ao lado da cama de Yael o deixaram em alerta. Quando ela finalmente liberara o braço dele, Calebe se deitou na cama nova e ficou sonhando com o dia em que os dois dormiriam abraçados. Sonhou com o cabelo perfumado dela cobrindo seu rosto, com os dedos dela viajando por suas costas doloridas depois de um dia de trabalho. Imaginou-se beijando os olhos e os lábios dela, massageando seus pequenos pés e entrelaçando os dedos nos dela.

Ele levantou-se e olhou para a cama ao lado, que já estava arrumada. O aroma de café chegou às suas narinas e, trocando de roupa, o rapaz foi para a cozinha. Yael estava de costas, cortando fatias de pão. Calebe parou e observou a mulher de vestido florido e uma grossa trança enrolada no alto da cabeça. O laço do avental balançava, conforme Yael passava as fatias de pão para um prato. Calebe desejou descansar o rosto na nuca da sua adorável esposa e sentir seu perfume mais uma vez.

– Sente-se, que já sirvo o café – ela falou, sem se virar para ele.

Desconcertado com o rumo dos seus pensamentos, Calebe puxou a cadeira com força e a deixou cair no chão, o barulho ecoando pelo ambiente. Yael virou-se, com a faca na mão, e olhou para ele sem fazer qualquer comentário. As marcas no rosto dela mostrava a noite de lágrimas.

– A que horas saímos para a igreja?

Calebe levantou a cadeira e se sentou.

– Daqui a uma hora. Vou cuidar dos animais, me lavar e trocar de roupa.

Os dois tomaram o café da manhã em silêncio. Calebe não conseguia apagar da mente os momentos que passara ao lado dela.

Céu e inferno.

Sua ira pelo homem que roubou os irmãos e, talvez, a dignidade de sua esposa ainda borbulhava. Conversaria com o pastor Samuel sobre isso. Precisava desabafar e ouvir algumas palavras de sabedoria. O momento ideal seria logo após o culto, quando as pessoas se entretinham umas com as outras e tomavam café com bolo.

Quando Calebe e Yael finalmente tomaram a direção da igreja na carroça puxada por Misty, ele tentou puxar conversa, mas ela não respondeu. O percurso de vinte minutos parecia estar durando horas. Tinha tanta coisa para dizer e perguntar para a jovem! O silêncio o atormentava.

A pequena igreja já estava cheia quando o casal entrou. Tia Amelie e tio Joaquim convidaram o sobrinho e sua esposa para se sentarem com eles. Violeta, a esposa do pastor, tocava uma música suave ao piano. Ela acenou para o jovem casal. Calebe apertou a mão do tio e deu um beijo na tia, antes de se sentar com Yael ao seu lado. Ele estava folheando um livro com os hinos da igreja, quando alguém tocou no seu ombro. Calebe se virou e imediatamente se levantou.

– Laura, bom dia!

A voz dele era cortês, mas sem entusiasmo.

– Não vai me apresentar à sua esposa? – O tom da voz de Laura não escondia a frieza. Seu rosto, que parecia esculpido em mármore, era tão lindo quanto frio.

– Claro. – Calebe tocou no braço de Yael. Ela se virou para a recém-chegada. O jovem fez as devidas apresentações.

Laura não apertou a mão que Yael lhe estendeu. Olhou de cima a baixo para a esposa do então pretendente. O lábio retorcido era de quem tinha comido jiló, e pouco combinava com a beleza do rosto.

Tia Amelie olhava com curiosidade para a cena. Laura foi se sentar em outro banco, ao lado dos pais. Yael sentou-se, evitando o olhar do marido e recusando a mão que ele lhe ofereceu.

O culto começou com um lindo solo de Violeta. Calebe, cantando tenor, pronunciava cada palavra com vigor. Apesar de tudo, da noite maldormida e dos desafios que viriam pela frente, ele estava orgulhoso de apresentar a esposa para a congregação.

Quando a música terminou e as trinta e poucas pessoas, entre adultos e crianças, se sentaram, o pastor Samuel tomou a palavra, deu alguns avisos sobre as atividades da semana seguinte e apresentou o novo casal, o senhor e a senhora Heller. Calebe gostou de ouvir o seu sobrenome ligado ao nome de Yael. Yael Heller, sua esposa. *Ame-a como Jesus amou a igreja.*

O pastor continuou:

– Somos chamados, entre outras coisas, para exercitar nossa hospitalidade. Hospitalidade não é só convidar alguém para uma refeição. A hospitalidade verdadeira significa envolvimento com as pessoas. Calebe é um irmão que se preocupa com os outros e não mede esforços para ajudar quem precisa. Acredito que sua esposa, Yael, veio para acrescentar. Assim como recebemos Calebe, também receberemos Yael com amor fraternal.

Os que estavam mais próximos a Calebe e Yael cumprimentaram o casal, desejando felicidade. O pastor então chamou o rapaz à frente, para dar algumas palavras. Ele se levantou, arrumou o paletó e se colocou ao lado do pastor.

– Obrigado a todos pela recepção calorosa. Peço desculpas por não ter feito uma festa, mas nem por isso a celebração simples que tivemos aqui na igreja deixou de ser importante. Espero ainda poder celebrar de forma mais adequada no futuro próximo. Yael é a esposa que Deus me deu, e quero ser digno dessa bênção.

Os congregantes aplaudiram, e Calebe olhou para sua mulher antes de se sentar. Ela olhava pela janela, o rosto vermelho e o peito arfando.

Ame sua esposa. Calebe se sentou ao seu lado e deu um leve aperto na delicada mão. Para sua surpresa, ela não retirou a mão dessa vez. O contato durou até o pastor despedir a congregação, mas a memória tátil de Calebe guardou o calor e a suavidade da mão de Yael nos registros de sensações especiais.

O novo casal recebeu felicitações das famílias presentes. Calebe sentiu um amargo na boca quando Laura e sua mãe, Joelma, aproximaram-se de Yael como quem se aproximasse de uma presa na floresta.

– Sua família não veio celebrar o casamento? – Joelma perguntou, fazendo com que Yael se retraísse até encostar na parede de madeira da igreja.

– Eles... eles... – As palavras morreram nos lábios da jovem.

Calebe segurou a mão da esposa.

– Eles logo estarão conosco.

Yael olhou das mulheres para ele. O tom de voz de Calebe não deu abertura a novas perguntas.

– Felicidades, então! – A voz de Joelma não escondia a raiva.

– Meu amor, os tios estão nos convidando para almoçar com eles. – O braço protetor de Calebe enlaçou a cintura de Yael. – Se nos dão licença, Joelma e Laura, temos um compromisso de família.

Pastor Samuel, que conversava com um senhor idoso, observava a cena com o semblante preocupado. Calebe fez um gesto para ele de que estava tudo bem, e ele balançou a cabeça, continuando a conversa com o homem.

– Vamos, então? – Tio Joaquim colocou o chapéu, e os quatro saíram da igreja.

No percurso para a casa dos tios, Yael manteve a cabeça baixa. Sentada na carroça ao lado de Calebe, ela mexia na ponta do laço do vestido.

– O que eu falei para Laura e Joelma é verdade: logo seus irmãos estarão aqui. – Calebe batia a rédea de leve para que Misty mantivesse o ritmo.

De cabeça baixa, Yael suspirou.

– Você não tem como prometer isso.
– Mas prometo.

A segurança em sua voz não refletia a dúvida no coração. Como ele acharia Nathan e Sara? Esperava ter a colaboração dos xerifes da região. Não era possível alguém sumir com duas crianças sem deixar pistas, a não ser que... Calebe desviou o terrível pensamento. *Deus, me ajude a encontrar os irmãos de Yael. Ela já passou por muita dor. Não merece mais provação.*

Ame sua esposa.

Com um suspiro irritado, Calebe apressou o trote de Misty. Yael olhou para ele, que sorriu. Ela nunca imaginaria a frustração que o consumia.

Na casa dos tios, um sobrado no meio de um terreno arborizado, não muito longe do sítio de Calebe, o casal almoçou uma quantidade enorme de comida. Tia Amelie era exagerada na cozinha. Os sabores traziam boas memórias a Calebe, que tinha sido criado no ambiente tranquilo daquele lugar.

Tio Joaquim contou histórias de travessuras do sobrinho, e Yael ria como se lembrasse de sua própria adolescência. Na sala de jantar, bastante requintada para um sítio, os quatro se deliciavam com os pratos e conversavam.

Calebe se alegrou com a boa disposição de Yael. Ela tinha altos e baixos, o que era normal em sua circunstância. A jovem não contou nada de sua própria infância, mas se viu falando da saudade que sentia dos irmãos. Nesse momento, o ambiente ficou sério. Os tios não sabiam detalhes sobre o rapto dos dois. Calebe só lhes tinha dito que foram levados por um casal que deixara Yael na beira da estrada.

– Todos os dias quando acordo, espero encontrar Nathan e Sara ao meu lado na cama. Muitas vezes, eles vinham para o meu quarto quando tinham pesadelos. – Yael encostou-se na cadeira, e seu olhar ficou perdido em um canto da sala.

Tia Amelie bateu de leve na mão dela.

— Tenho certeza de que vai encontrá-los.

Desviando o assunto, tio Joaquim convidou o casal para um passeio no pomar, depois que a tia garantiu que não precisava de ajuda para tirar a mesa. Os três andaram por entre as árvores de folhas novas de primavera, enquanto o tio explicava quais frutos elas davam e em que época. Calebe notou que Yael parecia incomodada com alguma coisa. Ela passava a mão na barriga, e sua pele ficava mais pálida.

— Quer voltar para casa? Acho que você precisa descansar — ele disse.

Ela balançou a cabeça concordando, mas, antes que pudesse falar alguma coisa, dobrou-se, segurando-se em uma árvore, e liberou todo o almoço pela boca. Calebe e Joaquim olhavam a cena, sem saber o que fazer. Quando Yael finalmente se recostou numa árvore, Calebe segurou na mão dela.

— Vou trazer a carroça aqui e vamos embora.

Calebe voltou com a carroça, trazendo tia Amelie junto. A senhora desceu da carroça e amparou Yael.

— Está sentindo dor?

Yael balançou a cabeça de um lado a outro.

— Não. Acho que comi demais. Ando comendo muito.

A tia olhou da moça para Calebe, que deu de ombros. Com recomendação de Amelie para que Yael descansasse o restante do dia, o casal jovem se despediu. Em casa, a moça tirou o vestido e, de roupas de baixo, jogou-se na cama.

— Acho que foi o calor.

Ela não parecia se importar com a presença de Calebe, que estava sentado na beira da própria cama.

— Vou trazer água fresca para você se lavar.

Ele se levantou e voltou em seguida com um balde grande. Enchendo a bacia em cima da cômoda, ele ajudou Yael a lavar o rosto, o colo e os braços.

— Preciso de um cochilo — disse ela, soltando o corpo na cama.

Fechando a porta, Calebe foi para a sala. Se Yael ficasse doente, o que ele faria? O médico que atendia à população de Harmony e região estava a meia hora de distância.

Uma batida na porta fez Calebe saltar do sofá. Ele correu para abrir e se deparou com os tios.

Tio Joaquim colocou o chapéu de palha no cabideiro.

– Sua tia me arrastou para cá, dizendo que queria falar com você com urgência.

A tia empurrou o marido para o lado e segurou nos suspensórios do sobrinho.

– Você não vê? Yael está grávida.

Calebe precisou se segurar na porta para não cair. Grávida? Eles não tinham consumado o casamento. E, mesmo que tivessem consumado, Yael teria sintomas tão rápido assim? A náusea de Calebe foi se transformando em pura ira. Agora ele entendia o que Yael tinha dito com a dignidade que lhe foi roubada. O calor no pescoço começou a se espalhar pelo peito e rosto. Suas mãos se fecharam em punho, as unhas cortando as palmas. Ele trincou os dentes, pensando na frágil mulher, quase menina, deitada na cama em posição fetal. O urro que quis dar ficou estancado na garganta.

– Só não entendo como teria esses sintomas tão já. – A tia fez um bico.

Tio Joaquim olhou para a esposa.

– O que está insinuando, mulher?

Amelie deu de ombros e soltou um muxoxo. Calebe sentiu o estômago revirar.

Quando os tios saíram, ele correu para o campo, passando por Misty, pela porca com os porquinhos, pelo galinheiro. No meio do campo arado, Calebe ajoelhou-se e olhou para o céu com nuvens de algodão, como se todo o mundo estivesse em perfeita ordem.

Liberando a dor e a ira do peito, Calebe gritou até sua garganta doer. Os pássaros ao redor alçaram voo, nitidamente assustados.

– Deus, por quê? – As lágrimas escorriam pelo rosto dele, o desespero tomando conta da sua alma.

A terra debaixo dos seus joelhos tremeu. Misty relinchou de longe.

Ame sua esposa como eu amo você.

Capítulo 11

Yael dobrou-se na cama, em posição fetal. Não estava com dor no ventre, mas no coração. Quando Amelie dissera que os sintomas indicavam gravidez, seu mundo veio abaixo. A gravidez seria a confirmação para a sociedade de que a jovem inocente de semanas atrás era um pedaço de carne indigno. Como seria ter esse segredo revelado no seu ventre que cresceria? As pessoas começariam a fazer cálculos. Calebe certamente a expulsaria de casa. Por que ele teria uma mulher usada na beira da estrada?

Ao ouvir o ranger da porta se abrindo, Yael fechou os olhos. Os sons de vozes na sala tinham cessado fazia um bom tempo. Yael apertou os olhos, tentando prender as lágrimas. Para onde iria, se Calebe a mandasse embora?

O tempo passou. O rastro de luz solar mudou de posição no chão do quarto. Yael ressonava e acordava assustada.

Ela sobressaltou-se ao sentir a mão áspera em seu braço. Calebe não iria arrancá-la da cama, iria? A pressão do toque aumentou. Ele puxou o braço de Yael até que ela se virasse para ele. Medo. Logo ela estaria de volta na estrada, grávida, inútil. Ela tremeu, os dentes rangendo.

Estendida na cama, ela abriu os olhos úmidos e viu os olhos pesados de Calebe. Era o fim dos dois, do casamento que só existia no papel.

– Yael, ouça bem o que vou dizer. – A voz dele era profunda. Ela arregalou os olhos. – Nada do que você passou vai roubar de mim o amor que tenho por você. Agora entendo o que você quis dizer com ter a dignidade roubada. Para mim, você continua tão digna como se fosse intocada, como chegou ao mundo, com a pureza que Deus lhe deu.

Um arrepio percorreu o corpo de Yael. O tremor aumentou. Ela estava ouvindo aquelas palavras? Mas viria um *porém* logo a seguir? Suas pálpebras não seguraram mais as lágrimas, que faziam o percurso dos olhos ao pescoço e ao travesseiro.

O *porém* não veio. Em vez disso, Calebe a puxou para si e a colocou em seu colo, onde lhe falou as mais doces palavras de amor. Yael foi se desmanchando em lágrimas, soluçando. Sua alma se derretia como a cera de uma vela acesa. Seu inferno pessoal começou a perder a intensidade do calor angustiante. A cada palavra de Calebe, Yael pisava com mais firmeza em um paraíso desconhecido; um paraíso de perdão e graça.

Os braços de Calebe envolviam o corpo trêmulo da jovem esposa. Yael descansou a cabeça no peito forte dele e sentiu seu cheiro e calor inconfundíveis. O que daria em troca por tanto amor? Uma leve dor no ventre lhe trouxe à realidade de que carregava o fruto de outro homem dentro de si. O que Yael queria era poder carregar o fruto de Calebe. Ela não tinha como substituir a dura realidade por outra.

– Como vou conseguir carregar um filho gerado por um ato tão violento? – A voz de Yael era entrecortada por soluços.

Calebe desceu a mão pelos longos cabelos da esposa.

– Não sei, mas Deus vai nos dar sabedoria.

A tarde foi se transformando em noite, e Yael permanecia na segurança do colo do marido, sentindo seu cheiro, sua pele quente. O colo tornou-se seu refúgio; as palavras de Calebe, seu bálsamo.

Se saísse dali, não teria forças para prosseguir. Teria uma comunidade para enfrentar quando seu segredo fosse revelado.

Capítulo 12

Ter Yael nos braços era o céu e o inferno. Calebe sentia os primeiros brotos de amor nascendo no coração da esposa, assim como os brotos verdes da horta atrás da casa. Minutos antes, ela ainda estava em seus braços. A obrigação com os animais, que precisavam ser alimentados, o arrancou daquele céu.

A noite fresca lá fora, enquanto ele trocava a água das galinhas, pouco fazia para refrescar seu inferno pessoal. A ira que sentia pelo violador da dignidade de Yael só crescia. Calebe não se importava em ser pai de uma criança que não tivesse seus traços. Muito menos se importava com o que a comunidade diria. Sua tia e seu tio não sabiam que o sobrinho não tinha consumado o casamento com a noiva. Talvez Calebe devesse proteger a reputação de Yael, deixando que todos pensassem que o filho era seu, mesmo que os cálculos gerassem dúvidas.

Deus lhe tinha dado uma promessa de que ele teria muitos filhos. Que ironia! Calebe lembrou-se de que várias histórias na Bíblia eram tão complicadas quanto a sua, mas Deus sempre tinha algo para ensinar com ela. Não que Calebe estivesse feliz da vida por ser personagem de mais uma história difícil, de ver sua amada carregando um peso enorme, uma vergonha que parecia sem fim. Porém, o rapaz sabia que precisava se agarrar à fé, por mais tênue que ela fosse no momento.

A grande preocupação de Calebe, no entanto, era com a indisposição de Yael de carregar um bebê que sempre lhe traria lembranças tristes. *Ame sua esposa.* A voz vinha em momentos inconvenientes. Por que Deus ficava repetindo isso se Calebe já amava Yael?

Saindo do galinheiro, ele gastou um tempo no cercado dos cavalos. Precisava pensar em alguma coisa que animasse Yael. Talvez a semana trouxesse uma carta de um dos xerifes com pistas sobre o paradeiro de Nathan e Sara.

Quando Calebe voltou para casa, Yael estava sentada à mesa, comendo um pedaço de pão. De roupa de baixo, calça fofa e bata, e os cabelos sedosos escorrendo pelas costas até a cintura, ela era a imagem da inocência. A ira e a preocupação de Calebe deram lugar ao carinho. Deram lugar ao desejo.

Ele era um homem jovem, com vontades de um homem jovem que nunca tinha conhecido uma mulher. Yael, de roupa íntima, com sua pele ligeiramente queimada pelo sol, seus gestos meigos, fazia seu coração saltar como corça na campina. Quando Yael olhou para ele com olhos de tristeza, Calebe se sentiu um monstro. Quanto aguentaria ser jogado do inferno ao céu e do céu ao inferno?

Ame sua esposa.

Calebe quis dar uma resposta atravessada ao dono da voz, mas ficou calado. Deus conhecia seu coração e, naquele momento, era o de um homem a ponto da loucura.

Calebe sorriu para Yael, tentando disfarçar sua agitação. Foi até a bacia de água da pia e lavou o rosto. Talvez devesse se afundar na tina de água fria no celeiro, antes de ir para a cama. Quando Deus disse, pela primeira vez, que sua esposa apareceria na porta de casa com uma chave na mão, Calebe achou um conto da carochinha. Conforme os sonhos iam ficando mais nítidos, ele passou a acreditar que algo assim pudesse acontecer, mesmo que os tios o achassem louco. Yael apareceu no meio da noite com uma chave. Não podia ser coincidência. Calebe esperava agora que Deus lhe desse uma receita de como lidar com aquele emaranhado de situações difíceis que se formava, mas a única mensagem era a de sempre: *Ame sua esposa*. Para todos os efeitos, Calebe a amava até demais, a ponto de ficar transtornado.

Dando-se conta de que estava parado no meio da sala olhando para Yael, Calebe engoliu um bolo que se formou na garganta e se sentou de frente a ela.

– Está se sentindo melhor fisicamente?

Ela puxou outro pedaço do pão com dedos delicados.

– Vai e vem. Sua tia disse que é normal.

– Se quiser, preparo um banho para você.

Esperava que ela dissesse não. Não por causa do trabalho de trazer água do poço, mas por estar fragilizado demais para imaginar Yael mergulhando na banheira, seu corpo nu... Ele impediu que o pensamento fosse longe demais.

– Acho que só preciso dar uma caminhada no ar fresco, antes de dormir – ela disse e se levantou. – Vou colocar o vestido.

Minutos depois, ela voltou com o vestido azul de bolinhas brancas, o preferido de Calebe.

– Eu acompanho você. Quer ver os porquinhos? Já estão engordando.

Yael balançou a cabeça, concordando. Os sons da natureza e o ar fresco deixaram Calebe mais relaxado. Ele contou à esposa sobre os cabritos que os tios criavam no sítio.

– Meu tio investe mais em frutas e hortaliças, e fica irritado quando os cabritos fogem do cercado e comem a horta.

– No nosso sítio, minha mãe tinha uma horta enorme e, desde pequena, eu aprendi a plantar verduras e legumes. – A lembrança trouxe um pouco de ânimo à voz de Yael. – Sara gostava... gosta muito de comer vagem crua, mas Nathan prefere carne. Um amigo do meu pai estava ensinando meu irmão a caçar. Ele já sabia... sabe usar uma espingarda, acredita?

Enquanto caminhavam no sítio, Calebe fez algumas perguntas sobre a infância de Yael, e ela preferiu narrar histórias divertidas. Para ele, era bom conhecer o lado inocente e feliz dela. Queria fazer de tudo para que a esposa tivesse muitas histórias boas para viver e contar no futuro.

O que o rapaz não imaginava era que beberiam muita água amarga, antes de desfrutar de água doce.

Capítulo 13

Os enjoos pioravam conforme os dias passavam. Yael respirava fundo quando a náusea chegava logo no café da manhã. Tentava manter a cabeça distraída para não se lembrar de que o filho que carregava era a personificação da perda da dignidade.

Calebe, por outro lado, a cobria de carinho, ajudando-a na horta, nas tarefas domésticas e até massageando seus pés no fim do dia. Yael gostava da rotina que os dois tinham criado, desde o nascer do sol até os últimos minutos em que estavam acordados. Ela sentia o conforto de tê-lo na cama ao lado, quando ele caía no sono e ressonava baixinho. Não tinha como negar que ele era um homem de verdade. Yael se pegava pensando nele durante o dia, quando a náusea não ocupava sua atenção.

As semanas passaram sem grande movimentação. Tio Joaquim e tia Amelie visitaram o jovem casal algumas vezes e, aos domingos, eles almoçavam juntos na casa dos tios. Calebe e Yael tomaram a decisão de não conversarem com Joaquim e Amelie sobre a paternidade do bebê, mesmo concordando que a tia desconfiava de que Calebe poderia não ser o pai. Esperariam até que a gravidez estivesse mais avançada.

No fim de uma semana de trabalho pesado, Calebe acordou mais cedo que de costume e, como fazia às terças e sextas-feiras, foi a Harmony para verificar se havia chegado correspondência dos xerifes das outras cidades. Yael esperava ansiosa, mas ele voltava de mãos vazias. Porém, naquela sexta-feira ela tirava um pão do forno quando Calebe entrou em casa balançando uma carta na mão. Yael largou a forma de pão na pia com um forte barulho e correu até ele.

– Não abri. Queria ler com você.

Calebe puxou Yael para o sofá. Com mãos trêmulas, ele abriu o envelope e leu a mensagem.

Caro Calebe,

Recebi sua carta e gostaria de dizer que estou empenhado em procurar as duas crianças. Infelizmente, não vi nem ouvi nada que levantasse suspeita. Vou me incumbir pessoalmente de conversar com outros xerifes da região.

Se puder me dar mais detalhes sobre as crianças e o modo como foram raptadas, eu teria mais informação para me auxiliar nas buscas.

Sinceramente,

Xerife William.

Yael soltou o peso dos ombros, que permaneceram contraídos durante a leitura. Calebe fechou a carta e a devolveu para o envelope.

– Não vamos desanimar.

– Calebe, Nathan e Sara são duas crianças. Nem imagino o desespero deles, isso se ainda estiverem... ainda estiverem... – Yael cobriu o rosto com as mãos.

Calebe largou o envelope de lado e passou o braço pelos ombros trêmulos da esposa.

– Vamos manter a fé de que estão vivos.

Yael se desvencilhou do braço dele e se levantou de forma brusca.

– Fé? De que valeu minha fé quando meu pai se endividou e perdeu o sítio? De que valeu minha fé quando o rio levou meu pai e minha mãe? De que valeu minha fé quando me vi sozinha com meus irmãos e nem tive a capacidade de protegê-los? Fé? Você fala de fé? Você acreditou em uma promessa que foi cumprida à custa da minha honra!

Yael gritava, segurando a chave no pescoço, e Calebe olhava para a mulher à sua frente, o coração acelerado, a raiva pelo que tinha acontecido a ela aumentando a cada palavra proferida.

Yael cerrou os punhos e correu para o quarto, batendo a porta atrás de si. Calebe apoiou a cabeça nas mãos e deu um urro abafado.

Deus, por mais que eu ame minha mulher, preferiria nunca a ter conhecido, se soubesse em que condições ela chegaria a mim! A cabeça de Calebe girava, enquanto ele pensava nos horrores que Yael tinha vivido e imaginava o que poderia ter acontecido com Sara e Nathan. Seu peito parecia abrir, sua pele parecia em carne viva, tamanha era a sua dor.

Calebe se jogou no chão de joelhos, abaixou a cabeça e deixou as lágrimas molharem o chão de madeira. *Não sou um herói da fé, Deus. Já deve ter percebido isso.* Esse foi seu pensamento antes de se levantar para enfrentar um longo dia de trabalho.

Montado em Misty, Calebe fez uma vistoria pelo sítio. As cercas estavam em bom estado, os animais alimentados. As nuvens pesadas fariam o trabalho de molhar o campo recentemente plantado. Calebe desmontou de Misty uma hora depois, sentindo o coração tão escuro quando as nuvens carregadas. Ao mesmo tempo que queria voltar para casa e ver Yael, temia encontrá-la. Cada vez que ela desabafava sobre seu passado dolorido, Calebe pegava aquela dor para si. No entanto, não era capaz de curar as feridas da alma da esposa.

O dia foi chegando ao fim, e Yael não aparecera com o lanche da tarde que sempre levava para o marido. Sem ter mais razão de ficar no celeiro, escondendo-se da chuva e evitando encarar a esposa, Calebe foi para casa. Entrou na sala, todo molhado, e correu para o canto da cozinha, pegando um pano para se secar. O fogão estava apagado. A porta do quarto estava fechada. De repente, um pânico tomou conta dele. E se tivesse acontecido algo com Yael na sua ausência? Que tipo de marido ele era para ficar remoendo suas emoções o dia todo sem sequer verificar se a esposa estava bem?

Calebe jogou o pano de prato em cima da mesa e foi apressado para o quarto. Soltou um leve suspiro de alívio ao ver Yael sentada na cadeira de frente para a janela. As gotas grossas da chuva batiam no vidro, fazendo um leve batuque. O cabelo de Yael estava solto e descia pelo encosto da cadeira. A jovem não se virou para Calebe quando ele perguntou se ela estava melhor. Sua resposta foi monossilábica.

– Sim.

Parado à porta, ele não sabia o que fazer. O céu e o inferno brigavam pela posse do seu coração. Virando-se devagar, Yael trouxe o cabelo para frente e começou a fazer uma trança frouxa.

– Eu estava com um pouco de náusea e não consegui cozinhar. – Os olhos dela pareciam sem vida.

A garganta de Calebe secou. Um aperto no peito o deixou trêmulo. A jovem se levantou e pegou uma toalha do gancho na parede.

– Você está todo molhado. Melhor se secar.

Ele pegou a toalha e a passou pelo cabelo. Tirou a camisa, secou o tronco e os braços. Yael se sentou na beirada da cama e ficou observando o marido se secar.

– Se me ajudar a arrumar um emprego na cidade, posso deixar você livre.

Calebe sentiu um fogo subir pelo peito, pura lava. Ele jogou a toalha no chão e se ajoelhou de frente a Yael.

– Nunca mais repita isso. Você é minha esposa. Além do mais, eu nunca seria livre se você fosse embora.

Yael inclinou a cabeça.

– Se você disser para o pastor que não consumamos o casamento, pode anulá-lo.

Calebe segurou o braço da esposa.

– Não estou falando de liberdade no sentido do papel. Entenda, Yael, meu coração é seu. Se você for embora, vai levá-lo junto. Sou cativo desse amor.

A moça abaixou a cabeça.

– Por que insiste nisso? Eu trouxe muita tristeza para você e provavelmente vou trazer mais.

Calebe levantou o queixo dela com os dedos.

– Aceito o risco, mas preciso acreditar que essa tristeza não vai durar para sempre.

Yael retesou as costas.

– E se durar?

Ele se levantou, vestiu uma camisa seca e estendeu a mão para que ela se levantasse.

– Nenhuma tristeza dura para sempre. Não quando o amor vai entrando nas feridas, curando-as.

– Você acredita mesmo nisso? – Ela inclinou a cabeça.

Calebe suspirou.

– Quando meus pais morreram, achei que não suportaria. Foi o amor dos meus tios que curou meu coração. Sinto uma grande saudade deles, mas meu coração já não dói mais.

Yael olhou nos olhos do marido.

– Me desculpe.

Ele balançou a cabeça.

– Desculpo qualquer coisa, menos uma.

Ela arregalou os olhos.

– Qual?

– Você dizer que quer ir embora. Aqui é sua casa, e é aqui que vamos viver muitas alegrias.

Yael passou a mão pelo ventre.

– Gostaria de acreditar como você.

– Posso acreditar por nós dois, até que você esteja pronta.

A jovem esposa balançou a cabeça levemente.

– Vou fazer alguma coisa para comermos.

Yael saiu do quarto, e Calebe sentou-se na cama, exausto. Parecia ter saído de outra grande batalha.

Mais uma batalha vencida.

Capítulo 14

Como sempre acontecia pela manhã, Yael abriu os olhos esperando estar em sua própria cama, na vila onde cresceu, ouvindo os sons vindos da cozinha, quando sua mãe preparava a primeira refeição da família. Virando-se na cama, ela viu já esticada a colcha que Calebe usava para se cobrir. Aquela era sua nova realidade: casada com um desconhecido, carregando o filho de um criminoso, sem saber do paradeiro de seus irmãos. Comparando sua vida antes e depois da tragédia com seus pais, Yael tinha a impressão de que vivia a experiência de outra pessoa.

A leve náusea confirmou que aquela era a sua realidade, e não a de uma estranha. Yael se levantou e lavou o rosto na água fresca que Calebe sempre deixava na bacia em cima da cômoda. Era domingo, e logo ele voltaria do cuidado do sítio para se arrumar para a igreja. A disposição de Yael para enfrentar tia Amelie, Laura e a mãe desta era mínima. Era verdade que a tia sempre a ajudava, mas o olhar de reprovação não deixava o semblante da mulher. Se sua rival já demonstrava tanta raiva pela jovem esposa de Calebe no primeiro encontro na igreja, o que não seria quando Laura soubesse da gravidez ilícita?

O barulho de louça na cozinha forçou Yael a interromper o fluxo de pensamento desagradável e a trocar de roupa. Durante a semana, ela tinha costurado um vestido bem simples e um pouco mais largo na cintura. Seu guarda-roupa continha algumas peças que tia Amelie arrumara com as mulheres da igreja, além de duas que Yael tinha feito. As roupas de baixo eram usadas, assim como os dois pares de sapato.

Ela nunca teve coisas novas porque seu pai vivia em situação financeira precária. Tudo o que a família possuía de valor estava no baú, que tinha sido levado por Abadon no dia fatídico. Algumas roupinhas de bebê que tinham sido de Sara e Nathan estavam embrulhadas em papel. Uma colcha branca feita à mão pela mãe era um dos grandes tesouros da família, assim como um vestido de noiva que seria de Yael quando ela encontrasse o marido certo.

Ela tinha um marido em circunstâncias bem diferentes da que imaginou. Esperava que ele fosse o marido certo, embora fosse tarde demais para mudar qualquer coisa.

Indo para a sala, ela recebeu um abraço afetuoso de Calebe. O rapaz parecia alheio ao que tinha acontecido na noite anterior. Voltando para o canto que servia como cozinha, ele pegou dois pratos bem servidos e os colocou na mesa.

– Tentei fazer ovos mexidos, mas agarrou um pouco na frigideira.

– Você podia ter me chamado, que eu preparava o café. – Yael deu um leve bocejo.

– Achei que estava dormindo tão bem, que resolvi não a acordar. – Ele puxou a cadeira para a esposa se sentar.

Os dois comeram em silêncio, o frescor da manhã entrando pelas janelas, trazendo o som de passarinhos. Em circunstâncias diferentes, Yael poderia até se sentir feliz ao lado daquele homem tão atencioso.

Calebe comeu o último pedaço de pão e se recostou na cadeira.

– Depois do culto, vamos almoçar na casa dos tios. Eles têm uma surpresa para você.

Yael arregalou os olhos.

– Surpresa?

Calebe sorriu.

– Um presente.

– Por que eles me dariam um presente?

– Eles se importam com você. – Calebe bebericou o café.

– Seu tio pode ser que sim, mas sua tia não gosta de mim. – Yael levou a mão à chave no pescoço.

– Tia Amelie é assim mesmo, desconfiada de todos, mas não nega ajuda. Além do mais, ela sabe que você é importante para mim.

– Isso não significa que ela goste de mim.

– É impossível não gostar de você. Logo ela vai perceber isso. – Calebe inclinou o corpo para frente e apoiou os cotovelos na mesa.

– Não tenho sido muito agradável ultimamente. – Yael bateu a colher no prato de leve.

– Sua situação não é fácil. E isso não anula a pessoa maravilhosa que você é.

Yael deu uma risada nervosa.

– Como você sabe quem sou eu?

Calebe levantou-se da mesa e pegou os pratos.

– Um presente de Deus não pode ser ruim.

– Não sou um objeto.

– É uma pessoa linda, de carne e osso.

– Uma pessoa sem valor. – Ela foi rápida em rebater.

– Uma mulher cheia de valor. – ele devolveu.

– Jogada no mato.

– Vítima de uma grande injustiça, mas uma preciosidade. – Calebe virou as costas antes que ela respondesse e colocou os pratos na bacia com água. – Saímos em quinze minutos. – Ele se virou para ela e sorriu.

Yael foi para o quarto e refez a grossa trança, enrolando-a em um coque. Olhando-se no espelho pequeno afixado na parede, ela repassou o diálogo com Calebe. O que ele via nela para achar que tinha algum valor? Talvez tivesse algum valor no passado, mas não carregando no ventre o fruto de um pecado.

Na carroça a caminho para a igreja, Yael sentiu uma pontada de curiosidade com a surpresa que os tios tinham para ela. Um presente? Por quê? De qualquer forma, até recebê-lo, ela teria que enfrentar olhares, cochichos e risadinhas de Laura e sua mãe.

Capítulo 15

Laura parecia arrumada para uma festa. Seu cabelo negro e brilhoso ostentava um penteado que Yael nunca tinha visto igual na vida. Observando a jovem por trás, enquanto a congregação cantava de pé ao som do piano de Violeta, Yael se perguntava como os cachos que se soltavam do penteado podiam ser tão perfeitos. O vestido branco de renda e babados tinha um estilo tão ou mais complicado que o do cabelo.

Enquanto as pessoas cantavam sobre um novo céu e uma nova terra, Yael considerava que teria sido bem melhor para Calebe ter-se casado com Laura. O relacionamento conjugal com uma moça que surgiu de madrugada na porta dele não tinha nada de celestial. Yael não era tola de não ver a angústia do seu marido, que, até o momento, era cônjuge só no papel.

A moça desviou o olhar quando Laura se virou e deu um sorriso claramente falso para ela. Calebe, cantando alto e afinado, pegou a mão dela e a apertou de leve. Yael sentiu um leve formigar nos dedos.

A música acabou e deu sequência a outra e mais outra. Quando finalmente todos se sentaram e pastor Samuel tomou seu lugar ao púlpito, o coração de Yael estava acelerado. O que aconteceria quando a gravidez fosse notada ou anunciada? Laura e Joelma logo fariam as contas.

– ... em vez de apontarmos os pecados dos outros, precisamos considerar nossos próprios. E digo que sempre são muitos...

O pastor continuou falando sobre o assunto, lembrando à congregação que Deus perdoava qualquer pecado. Yael considerou que ela era vítima de um grande pecado, mas se sentia responsável por ele, pois carregava sua consequência. Não era justo.

Como em resposta, o pastor falou de pecados individuais, que cada um cometia por decisão própria, e dos pecados coletivos, onde muitos sofriam suas consequências inocentemente. Yael não entendeu o que ele quis dizer com receber a graça de Deus em casos de injustiça.

– *Minha graça te basta...*[2] – ele citou, mais uma vez.

Talvez Yael devesse perguntar a Calebe. Ele lia muito sua Bíblia, e ela tinha pouco conhecimento, apesar das leituras que fazia sozinha ou com a mãe. Se o pastor lhe perguntasse qual justiça esperaria para Abadon, ela prontamente diria: uma morte lenta e dolorosa. Talvez isso tirasse sua alma do quarto escuro onde se encontrava. No entanto, ela sabia que não poderia ficar pensando nisso, pois gastaria uma energia enorme que deveria ser gasta na busca de seus irmãos.

Calebe olhou para ela com o canto do olho. Ele conseguia saber o que Yael estava sentindo ou pensando? Mais uma vez, ele segurou na mão da jovem esposa e voltou a atenção ao pastor. Laura olhou para Yael por cima do ombro. Certamente a moça estaria com torcicolo até o fim do culto. Seus cachos impecáveis fizeram um movimento para lá e para cá quando ela voltou a cabeça para frente. Yael levou a mão ao próprio coque pouco refinado. Por que Calebe não se casou com uma moça pura e linda?

Quando o pastor terminou o sermão, Yael se deu conta de que não tinha prestado atenção às palavras finais dele. Seu peito parecia em convulsão. Um homem de meia-idade, vestindo roupas simples de trabalho no campo, levantou-se a pedido do

....
2 *2 Coríntios* 12:9 (ARC).

pastor e tomou o lugar à frente. Ele limpou a garganta com um pigarro, enganchou os polegares no suspensório gasto e olhou para o pastor, que lhe deu um sorriso de encorajamento.

– Irmãos... – Um pigarro. – Irmãos e irmãs. – Uma pausa. Um pigarro. – Tivemos notícia de mais uma família atacada na estrada para Harmony.

O estômago de Yael deu um nó. Ela voltou toda a atenção ao homem. Calebe apertou-lhe os dedos de leve. O homem continuou, a despeito do zum-zum-zum que encheu a pequena igreja:

– Infelizmente, os bandidos deixaram mais um fazendeiro viúvo. Ele veio do leste com a jovem esposa... foram surpreendidos à noite. A mulher faleceu.

Os suspiros, comentários e lamentos interromperam a fala do homem. Tio Joaquim levantou-se e pediu silêncio. O fazendeiro prosseguiu:

– Gabriel, o nome do jovem viúvo, foi acolhido pela família do ferreiro. – Uma pausa e um pigarro. – Precisamos doar alguns itens: roupa, enxoval, coisas assim. Ele vai precisar de trabalho, então, se alguém puder ajudar nesse sentido, fale comigo.

O fazendeiro sentou-se e enxugou o suor da testa com um lenço amassado. O zum-zum-zum recomeçou.

Calebe virou-se para o tio.

– Vamos ver como podemos ajudar.

Tio Joaquim concordou.

– Conversamos no almoço.

O pastor despediu a congregação depois da oração final. Yael levantou-se, mas logo se sentou por causa de uma tontura forte. Tia Amelie a pegou pelo braço.

– Vou levar você para casa agora. – Ela virou-se para Calebe. – Nós duas vamos na frente. Yael precisa descansar.

Calebe franziu a testa e deu um sorriso triste. Ele insistiu em levar a esposa até a carroça da tia, mas Amelie disse que cuidava disso. A carroça tomou o caminho do sítio. Yael olhou para trás e viu Laura pendurada no braço de Calebe. A tontura da jovem gestante voltou, e ela se abanou com a mão. A tia balançou as rédeas, dando um comando ao cavalo que fosse mais depressa.

* * *

— Por que você não se deita no sofá, enquanto termino o almoço? — Amelie fechou a porta de entrada da ampla e arejada casa e direcionou Yael a um sofá estampado próximo à janela.

— Não precisa de ajuda? — perguntou Yael, por educação. Queria mesmo ficar sozinha para digerir o incômodo causado pelos olhares de Laura e a angústia de saber que outra pessoa tinha sido vítima da viagem perigosa em direção ao oeste e aos sonhos de um futuro melhor. Qual não deveria ter sido o terror da jovem ao se deparar com bandidos! O marido dela agora viveria um futuro solitário e triste.

Um grande medo correu pela coluna de Yael ao se acomodar no sofá. Eram poucas as ocasiões em que sentia esperança de os irmãos estarem vivos e bem. No geral, a apreensão era enorme. A angústia aumentava à noite, quando colocava a cabeça no travesseiro. As cartas que Calebe tinha enviado aos xerifes das cidades e vilas vizinhas nunca traziam uma resposta animadora. Como Yael viveria com essa incerteza?

O barulho na cozinha foi acompanhado de um aroma de frango na panela, mas Yael não sentia fome nos últimos dias. Seu estômago vivia apertado por sentimentos ruins. As poucas vezes em que ela relaxava, quando costurava na companhia de Calebe, que sempre lia sua Bíblia ou puxava uma conversa, logo eram sabotadas pelo medo. Por quanto tempo viveria assim? Às vezes, a moça chegava a pensar que nem valeria a pena viver.

O breve cochilo foi interrompido pela chegada de tio Joaquim e Calebe. Yael sentou-se no sofá, e seu marido correu até ela.

– Está melhor? Fiquei preocupado. – Ele correu os dedos pelo cabelo despenteado pelo vento.

– Estou melhor. – Ela olhou para o tio, que fez um sinal com a mão de que iria para a cozinha, e saiu, deixando o casal. – Alguém vai ajudar o Gabriel? Deve ser difícil para ele ter perdido a esposa...

Calebe pegou na mão de Yael.

– Sim. Conseguimos roupas, uma cama e cobertas. Eu ofereci trabalho para ele.

Yael olhou para Calebe com olhos arregalados.

– Você?

– Sim. Quero fazer uma reforma na nossa casa. – Ele sorriu.

– Reforma?

– Nossa família vai crescer. Além do mais, quero que Sara e Nathan tenham um quarto também.

Yael sentiu o coração parar.

– Você teve alguma notícia? Alguém respondeu sua carta?

Ele balançou a cabeça negativamente, mas manteve o sorriso.

– Sei que vamos achá-los.

Yael se retesou no sofá.

– Como pode dizer isso? Você não sabe.

– Não sei explicar. Sei que vamos encontrá-los.

– Você teve mais um sonho mágico? – Yael não fez questão de esconder o tom amargo.

– Não exatamente, mas tenho convicção. – Ele puxou a esposa pela mão quando a tia chamou para almoçar.

Yael comeu pouco, embora a comida estivesse maravilhosa. Sua cabeça rodava, mas, dessa vez, não era tontura. O que Calebe queria dizer com convicção de que Sara e Nathan voltariam, a ponto de contratar Gabriel para fazer uma reforma na casa?

Desejando ir para casa, Yael recusou a sobremesa. Quase tinha se esquecido de que os tios tinham uma surpresa para ela, quando pediu a Calebe para ir embora.

– Vou preparar um pote com comida para vocês levarem, enquanto Joaquim lhes mostra a surpresa. – A tia se levantou da mesa e os outros fizeram o mesmo.

– Vamos ali fora – tio Joaquim disse.

Yael estava curiosa, apesar da pressa para ir embora. Sua surpresa foi grande quando, no fundo da casa, o tio lhe mostrou uma cabra com um cabrito. O cabrito saltitava ao redor da mãe, que comia umas flores silvestres.

– Amelie insistiu em lhe dar a cabra, Yael. Ela disse que... – Joaquim foi interrompido pela esposa, que chegava com uma panela embrulhada em panos de prato. – ... você precisa de nutrição adequada. O leite de cabra é bem melhor que o de vaca, mais nutritivo. E, quando o bebê chegar, você vai precisar de leite fresco por um bom tempo, para si mesma e para ele.

Yael olhou da cabra branca para a tia. Por um momento, achou que não seguraria as lágrimas. Não imaginava que a tia se preocupasse assim com ela.

– Eu... eu agradeço!

Calebe e o tio colocaram a cabra e o cabrito na carroça, enquanto Yael e Amelie conversavam. Em seguida, o jovem casal tomou a estrada em direção ao sítio, com os felizes passageiros comendo feno na traseira da carroça. Yael sentia o coração mais leve. O gesto da tia derrubara uma barreira que havia entre as duas. Não era fácil enfrentar a animosidade de Laura, e seria bom ter a tia do seu lado.

– Calebe – Yael disse, ao se segurar no banco de madeira da carroça, que sacolejou ao passar por um buraco. Ele direcionou Misty para o outro lado da estrada e olhou para Yael. Ela continuou –, por que não se casou com Laura? Vi como ela estava pendurada em você na saída da igreja.

Calebe balançou as rédeas de leve.

– Já disse. Você era a mulher com quem eu deveria me casar.

— Laura é bonita, e não tem todas as dificuldades que eu tenho. Ela age como se não levasse nosso casamento a sério. Talvez ninguém leve. — Yael cruzou os dedos e apoiou as mãos no colo.

— Eu levo nosso casamento a sério. Isso é o que importa. E você? — Ele olhou para ela de relance.

— Eu o quê?

— Leva nosso casamento a sério?

Yael foi pega de surpresa. Nunca tinha pensado naquilo. Verdade fosse dita, ela se casara por conveniência apenas. Não tinha um teto não sabia como procurar os irmãos. Calebe olhou para ela, esperando uma resposta.

— Sempre sonhei em me casar. Alguns rapazes da minha vila foram falar com meu pai, pedindo permissão para me cortejar. Não tive interesse em nenhum deles. — Yael olhou para a frente. A mata verde passava preguiçosamente ao lado. — Com a situação conturbada em casa, eu não pensava muito nisso e depois... depois, você sabe...

Calebe segurou as rédeas com uma das mãos e apertou o ombro de Yael com a outra.

— Entendo. Acho que fui rude com minha pergunta.

— É uma pergunta justa.

— Mas não precisa responder. Pelo menos, não agora. Talvez um dia você tenha uma resposta.

Yael suspirou. Sim. Esperava que um dia tivesse uma resposta.

Capítulo 16

A semana passou sem muita novidade. Os enjoos de Yael diminuíram consideravelmente e sua energia voltou. Segundo tia Amelie, tinha sido efeito do leite de cabra. Calebe fez um cercado especial para a mamãe cabra, que Yael chamou de Clara, e seu filhote, Flaky. A dupla seguia sua dona quando estavam fora do cercado, mas não perdiam a oportunidade de arrancar as plantas da horta e as flores do jardim que Yael tinha plantado.

A rotina de fim do dia do jovem casal continuava a mesma: Yael costurava e Calebe lia a Bíblia, fazendo um comentário ou outro com a esposa, a respeito de esperança. Yael admirava o otimismo do marido, enquanto ela via a possibilidade de rever os irmãos diminuir quando Calebe voltava de Harmony com as mãos vazias. Ele insistia que qualquer dia voltaria da vila com uma carta na mão, trazendo novidades de Nathan e Sara. Ou Deus arrumaria outra forma de encontrar Sara e Nathan.

Na sexta-feira, Gabriel chegou ao sítio Hebron para saber mais do trabalho que Calebe lhe tinha oferecido. A planta da casa, com a adição de dois quartos e uma sala maior, tinha sido desenhada por Calebe com a ajuda de Yael.

Gabriel era um homem forte, jovem, com o cabelo negro e olhos sempre atentos, mas seu semblante era pesado. Ele pouco falou durante o jantar, que Yael insistira em preparar para tentar alegrar o homem que tinha sido mais uma vítima da violência nas rotas para o oeste do país. Agradecendo o jantar, Gabriel subiu no cavalo e tomou a estrada, desaparecendo no lusco-fusco do entardecer.

Yael entrou em casa, seguida de Calebe, e começou a arrumar a cozinha, enquanto ele enchia a bacia com água fresca.

– Quanta violência – Yael disse, meio que para si mesma, ao esfregar uma panela.

Calebe deixou o balde de lata no chão e sacudiu a trança longa da esposa com carinho.

– Semana que vem vamos fazer uma reunião na igreja. Pastor Samuel disse que precisamos nos organizar para proteger e ajudar os viajantes que passam por essa região.

Yael deixou a panela na bacia, enxugou a mão no avental e se virou para Calebe.

– E como pretendem fazer isso?

– O xerife pediu reforços em Belleville. Parece que vamos conseguir contratar outro policial. Também vamos ficar de olho nas carroças e caravanas que passam por aqui, para informá-los sobre esses perigos e, quem sabe, ajudar uma família ou outra, dando abrigo durante a noite.

Os olhos de Yael brilharam.

– É uma ótima ideia! Podemos oferecer nossa casa... quer dizer, sua casa... a casa...

Calebe segurou a esposa pelos ombros.

– Olhe para mim: *nossa* casa. É tão sua quanto minha. E, sim, devemos fazer isso. Hoje ainda é tudo muito apertado, mas logo teremos mais quartos.

Yael se soltou dele e foi para o meio da sala, fazendo um movimento com a mão.

– O quarto da esquerda pode ser dos hóspedes e o da direita para a família. – Ela evitou falar do bebê que chegaria ou dos irmãos. – Vou arrumar mais roupas de cama e fazer umas cortinas.

Calebe concordou com um aceno de cabeça.

– Posso deixar essa arrumação por sua conta? Vou fazer mais uma cama e umas cadeiras.

Yael juntou as mãos e deu um gritinho de alegria. Depois, correu até Calebe e lhe deu um abraço. O abraço durou mais do que as palavras de gratidão de Yael. Calebe enlaçou a cintura da esposa e a trouxe para mais perto do seu corpo forte. Ela não ofereceu resistência. Em vez disso, deitou a cabeça no peito do marido e deixou o próprio corpo relaxar.

Os dois ficaram parados por um bom tempo, corpo colado no corpo, enquanto uma brisa suave entrava pela janela e os envolvia com seu perfume de primavera. Calebe desejou que o tempo parasse. Desejou apagar o passado de Yael, para poupá-la de sofrimento. Desejou tomar sua esposa nos braços e amá-la dos pés à cabeça. Ele sabia, porém, que qualquer passo em falso a afastaria dele. Devagar, ele correu a mão pela trança sedosa dela e lhe beijou o alto da cabeça.

– Que bom que está feliz com a ideia. – A voz dele era um sussurro.

– Quem dera alguém tivesse vindo ao meu socorro e dos meus irmãos quando perdemos nossos pais – ela disse. – Pelo menos, podemos ajudar outros a não passarem pelo que passei.

– Você é mesmo especial – Calebe falou no ouvido dela.

Yael se afastou lentamente. Fixou o olhar nos olhos claros dele.

– Obrigada! – Ela voltou à pia.

Calebe guardava os pratos que ela lavava, desejando um dia ouvir mais do que um simples "obrigada".

Capítulo 17

O piquenique anual da igreja tinha sido o assunto da semana. No dia anterior, Yael acordou mais cedo do que de costume e começou os preparos de tortas e pães que tinha sido encarregada de levar. Na falta de frutas maduras, ela usou o tradicional ruibarbo, planta de folhas grandes de talo avermelhado, com característico gosto azedo. Sua mãe tinha ensinado a escolher as melhores folhas, e Yael usou esse conhecimento ao pegá-las no canteiro nos fundos de casa. Clara e Flaky a rodeavam, tentando comer as folhas.

Na cozinha, Yael colocou os ingredientes em cima da mesa e começou o trabalho. Calebe tinha saído meia hora antes com Gabriel, para irem juntos a Harmony e comprarem material de construção para o início das obras na casa, que começaria cedo na segunda-feira. Animada com os planos, Yael viu-se cheia de energia. No fim da manhã, ela tinha preparado quatro tortas de ruibarbo, enquanto a massa do pão crescia num tabuleiro coberto com um pano branco em cima da pia. Calebe chegou no meio da tarde e descarregou os materiais no celeiro com a ajuda de Gabriel. Dessa vez, o homem não aceitou o convite para o jantar, deixando o jovem casal sozinho.

– Cansada? – Calebe perguntou, ao guardar o último prato lavado no armário de madeira.

Yael sentou-se numa cadeira e colocou os pés em cima de outra. Enxugou a testa com o pano de prato e abriu dois botões na cintura do vestido.

– Cansada e inchada.

Calebe fechou o armário e puxou uma cadeira para o lado de Yael, sentando-se.

– Essa cadeira não é adequada para você. Vou fazer uma de balanço, e você pode costurar umas almofadas.

– Não seria má ideia, mas como arrumaria tempo?

– Dou meu jeito. – Ele a cadeira para mais perto de Yael e bateu as mãos na perna, pedindo que ela colocasse os pés ali.

Acanhada, ela obedeceu, tomando cuidado para cobrir os tornozelos com o vestido bege. Calebe tirou os sapatos dela e massageou seus pés.

– Estão bem inchados. Vou trazer a água do seu banho daqui a pouco. Fique mais tempo no banho, que ajuda a relaxar. Tia Amelie diz isso. – Ele deu uma risadinha tímida.

Yael concordou com um aceno de cabeça. Fechou os olhos e se deixou levar pela massagem relaxante. As mãos calejadas e quentes de Calebe apertavam as solas e os peitos dos pés com firmeza. De olhos ainda fechados, ela puxou a saia do vestido, deixando os tornozelos à mostra. Calebe hesitou, mas logo correu as mãos para lá, massageando a pele lisa dela.

Um leve formigar subiu pelas pernas de Yael. Era uma sensação que ela desconhecia. Era uma sensação boa. O formigamento subiu pelo ventre e depois para o peito, espalhando-se pelos braços. Devagar, ela abriu os olhos e encontrou os de Calebe, que brilhavam no rosto levemente avermelhado. Os olhares se sustentaram por um instante até que ela abaixou a saia, cobrindo os tornozelos.

– Acho que estou pronta para aquele banho. – Ela colocou os pés no chão e correu para o quarto, deixando Calebe, atônito, sentado na cadeira.

* * *

Yael mergulhou o corpo na tina de banho no quarto e correu os dedos pela superfície da água, coberta de pétalas de rosa do jardim. Um nó apertou sua garganta. Calebe fazia de tudo para agradá-la. Quando terminou de preparar o banho da esposa, que esperava na sala, ele avisou que iria cuidar dos animais e se lavar no celeiro. Que contraste Calebe fazia com o monstro do Abadon. Calebe não tomava à força o que era seu por direito. Yael não podia negar que via nos olhos do marido o desejo por ela. No entanto, era um desejo completamente diferente do desejo violento do homem de dedos parecidos com salsichas, que destruiu sua dignidade e lhe roubou os irmãos.

Pegando uma pétala de rosa, Yael a levou às narinas, tentando desviar o pensamento para coisas mais alegres. O cheiro de pão na casa a trouxe ao presente. Calebe e tia Amelie disseram que o piquenique anual da igreja era o evento mais importante da região. Era um dia de alegria, brincadeiras, conversas e muita comida boa. Yael estava decidida a aproveitar o dia. Fazia toda a diferença do mundo que tia Amelie tivesse mudado sua atitude em relação à nova sobrinha. Claro, Laura iria fazer de tudo para que Yael se sentisse mal, mas ela estava decidida a ignorar a rival.

Yael olhou para a chave do baú da mãe, pendurada no espelho do quarto. Sua esperança de recuperar a única herança que fora dos pais era quase nula. Na travessia do rio, no dia fatídico, o pai brigou com a esposa por causa do peso desnecessário do baú. Foi quando Yael pulou da carroça, com os irmãos, e juntos os três atravessaram o rio primeiro para fugirem da briga. Da margem, Yael via o pai sacudindo a mão, repreendendo a esposa, que, por sua vez, gritava e chorava. A distração com a briga lhes custou a vida. Eles não viram o nível da água subir rapidamente, nem ouviram os gritos de Yael alertando-os sobre o perigo.

Não. Yael não queria um casamento daquela forma. Passando as mãos de leve na superfície da água do banho, fazendo ondinhas que levavam as pétalas, ela se deu conta de que não teria mais que escolher com quem se casar. Já estava casada. O homem que era seu marido parecia ser muito diferente de seu pai.

E de Abadon.

Capítulo 18

A mesa comprida debaixo de uma carreira de árvores frondosas era a grande atração da festa. As crianças corriam em volta dela, as mães tentando mantê-las sob controle. Vez ou outra, um dedo furava uma das deliciosas tortas e voava para a boca faminta.

Violeta convidou Yael para ajudar na organização da mesa. Os participantes iam chegando e entregando seus pratos às duas mulheres, enquanto Amelie e Joaquim davam as boas-vindas. Pastor Samuel, com a ajuda de Gabriel, coordenava as brincadeiras e gincanas. Calebe e outros homens carregavam cadeiras das carroças e as distribuíam entre as árvores. As mulheres tiraram dos armários seus melhores vestidos, e os homens trajavam suas roupas de domingo.

Yael observou quando Laura chegou com os pais. Parecia ter esperado que todos estivessem presentes, para fazer sua aparição especial. Seu pai a ajudou a descer da carroça como se ela fosse parte da realeza. Seu vestido amarelo claro com fitas, rendas e babados, e a sombrinha combinando, arrancaram suspiros das meninas. O olhar de Laura correu pela multidão e parou em Yael. Ela deu um sorriso maldoso e olhou a jovem gestante de cima a baixo. Laura provavelmente não usaria o vestido de Yael nem para esfregar o chão. No entanto, o tecido, presente de Calebe, era um dos mais bonitos que Yael já tinha costurado.

E ela era grata a ele por ter-lhe dado esse e outros tecidos de presente quando ela mais precisava cobrir seu corpo.

Notando o olhar de Laura, Violeta pediu a Yael que arrumasse as sobremesas na ponta oposta da longa mesa. A jovem levou um susto com uma voz ao pé de sua orelha:

– Não ligue para Laura. Aproveite seu dia. – Era tia Amelie.

Yael sorriu, muito feliz pelo cuidado da tia. Uma novidade muito bem-vinda.

A manhã transcorreu tranquila, com conversas e brincadeiras. Uma jovem de cabelos escuros, que lembrou Yael dos nativos que habitavam aquelas terras, aproximou-se dela e puxou conversa. Yael se viu entretida com o papo leve da moça, que lhe contou dos avós, com quem morava nos arredores de Harmony. Alana era alta, com as maçãs do rosto acentuadas e olhos amendoados com tons claros, que mudavam quando refletiam a luz do sol. Os cabelos, como cortina de seda pura, chegavam à cintura. Sua roupa era colorida, com tiras de couro enfeitando a blusa. As duas jovens encontraram um lugar calmo à beira do rio e conversaram sobre as belezas do lugar.

– Você sabe cavalgar? Podemos passear por aí um dia desses. – Alana atirou uma pedra nas águas claras, o cabelo liso balançando como uma grande cortina de teatro.

– Sei, sim. – Yael levou a mão ao ventre. – Mas estou... estou...

Alana seguiu a mão de Yael com o olhar.

– Entendi. A gente pode caminhar, então.

Yael adorou o jeito despreocupado da moça e se viu relaxando cada vez mais em sua presença. Seria muito bom ter uma amiga da sua idade.

– Gostaria muito. Por que você não vem me visitar durante a semana? Posso mostrar o sítio do meu... o meu sítio.

Combinando um dia para o encontro, as duas continuaram a conversar. Yael contou para Alana sobre a morte de seus pais e o sequestro dos irmãos. Omitiu o capítulo doloroso na beira da estrada. Alana lhe falou da mãe, que morrera de febre tifoide, mas não mencionou o pai.

— Meu avô é um dos melhores caçadores da região, e minha avó é parteira... se precisar...

Yael sentiu um grande alívio. Não tinha mesmo pensado sobre o parto e quem o faria. Talvez tia Amelie ou Violeta entendessem disso. Pelo que Yael sabia, o único médico da vila nem sempre estava disponível. No entanto, saber que havia uma parteira de confiança por perto era bem melhor.

— Obrigada!

A hora do almoço foi uma algazarra. As crianças correram para a mesa, aguardando com ansiedade as mães fazerem seus pratos. Os homens iam para baixo das árvores com uma montanha de comida, enquanto as mulheres comiam e trocavam receitas. Laura passou segurando um prato com um minúsculo pedaço de carne e algumas cenouras. Ela olhou com desprezo para o prato de Yael, que estava cheio. Calebe apareceu e beijou o rosto da esposa, deixando Laura furiosa. Ela saiu batendo o pé, balançando a saia engomada.

Yael apresentou Alana a Calebe, que já a conhecia.

— O avô de Alana é o melhor caçador que conheço. Nunca nos falta carne quando ele está por perto.

Yael sorriu com o comentário do marido. Era importante para ela que Calebe aprovasse sua amizade com Alana. A jovem se despediu cedo, dizendo que precisava voltar para casa. Yael se despediu dela, enfatizando que a esperava no meio da semana no sítio. Vendo-a sozinha, tia Amelie chamou a sobrinha para se sentar com ela e outras seis mulheres. Yael não tinha certeza se as amigas da tia sabiam de sua gravidez. Não pareciam notar. Com um prato de torta de ruibarbo na mão, Yael ouvia com interesse as conversas. As mulheres elogiaram sua torta e passaram a trocar mais receitas e segredos culinários. A alegria de Yael foi ofuscada quando Laura apareceu e disse em voz alta:

– Vai engordar comendo tanto. Ainda mais na sua condição.

Yael sentiu o corpo gelar para logo depois esquentar. As mulheres olharam de Laura para a jovem gestante. Amelie se levantou e disse:

– Em nossa família, cuidamos do bem-estar de todos. Não se preocupe com Yael. Ela está sob meus cuidados e de seu amoroso marido.

Yael prendeu a respiração. Seu coração palpitava. As mulheres aproximaram-se de Yael, cobrindo-a de atenção. Laura saiu de nariz empinado, os cachos negros balançando nas costas, pouquíssimo satisfeita com o resultado da revelação.

– Mas que notícia boa! – disse Teresa, uma mulher rechonchuda.

– Precisamos pensar no enxoval – sugeriu Maria.

– Claro, claro, podemos planejar isso depois. Deixem a menina respirar agora. Laura é insolente. – Tia Amelie fez um sinal na direção de Calebe, que conversava com Gabriel. Ele veio correndo.

– Algum problema? – ele perguntou.

As mulheres felicitaram Calebe pela gravidez da esposa. Ele olhou com espanto para Yael e depois para a tia, que lhe fez um discreto sinal para que levasse Yael a outro lugar.

No fim do dia de festejos, brincadeira e comilança, todos os presentes ao piquenique sabiam da gravidez. Alguns começaram a fazer contas. Uma pessoa espalhou o boato de que o filho não poderia ser de Calebe. Como fagulha na palha, o rumor chegou aos ouvidos de Yael, que saiu correndo pela estrada, enxugando os olhos com as costas das mãos.

Capítulo 19

Na beira do rio, Yael agachou-se e encheu as mãos em concha com água fria. Jogou-a no rosto e bebeu um pouco. O barulho de uma carroça aumentou para depois cessar. Uma águia de cabeça branca cortou o céu, mergulhou no ar e levantou sua presa com as garras. Yael olhava, hipnotizada. Ela se sentia a presa. O inimigo da sua alma não a deixaria descansar da vergonha. Não havia lugar seguro. O vexame sempre a acompanharia.

Yael sentou-se na margem do rio de pernas cruzadas, abaixou a cabeça e chorou. Uma forte mão apertou seu ombro. Ela sabia de quem era. Reconhecia o toque.

Calebe sentou-se ao lado da esposa e a puxou para perto. Tirando um lenço do bolso, ele o entregou a Yael, que assoou forte o nariz e limpou os olhos.

– Vamos para casa. – O tom de voz de Calebe não permitiria uma resposta negativa. Yael levantou-se e foi até a carroça, amparada pelo marido. Tomando as rédeas, ele olhou para ela. – Você é minha esposa. Nunca se esqueça disso.

O que Calebe queria dizer com aquela afirmação? Sim, no papel ela era.

– Isso não apaga meu vexame e sua vergonha.

Ele levantou o rosto dela com os dedos.

— Não tenho vergonha. Você é minha esposa. Vamos passar por isso juntos.

Yael olhou para ele e depois para a estrada. Queria logo chegar em casa – na sua casa – e dormir. Dormir e dormir, para fugir da realidade, dos falatórios. Calebe se manteve calado. Chegando em casa, ele conduziu Yael até o quarto, fazendo-a se sentar na cama. Com cuidado, tirou os sapatos e as meias dela. Carinhosamente, desabotoou o vestido e a despiu, deixando-a com a roupa de baixo.

— Deite-se.

Deitando a cabeça no travesseiro em posição fetal, Yael fechou os olhos e sentiu a colcha cobrindo seu corpo. Calebe saiu do quarto e voltou em seguida, com um copo de água fresca. Como fez quando Yael apareceu em sua porta de madrugada, ele levantou a cabeça dela e a ajudou a beber. Deixando o copo de lado, ele a abraçou.

— Descanse.

Saindo do quarto, ele fechou a porta. As pálpebras pesadas de Yael foram fechando devagar, até que ela mergulhou em um profundo sono. Sonhou com Abadon. No sonho, Calebe apareceu e, como num passe de mágica, fez o homem virar pó, como se fosse feito de areia. Uma voz profunda falou em sua mente:

Confie no marido que lhe dei.

* * *

As vozes na sala não passavam de um sussurro. Yael acordou de repente, atordoada, sem saber que horas eram. A janela aberta mostrava o céu pontilhado de estrelas. Ela jogou a coberta para o lado, sentou-se na cama e esfregou os olhos. Prestou atenção. A voz aguda era de tia Amelie. Outras se misturavam à voz de Calebe. O que estava acontecendo?

Tateando no escuro, Yael achou o vestido e o vestiu apressadamente. Saindo para a sala, ela se deparou com o marido, a tia, o tio, o pastor e sua esposa sentados em volta da mesa. Todos se calaram. Calebe se levantou e estendeu a mão para Yael, que sentia o coração acelerado batucando no peito.

– Sente-se aqui. – Ele apontou para a cadeira.

Yael obedeceu e olhou para os rostos à sua frente.

– O que foi?

Tia Amelie interrompeu o sobrinho, antes que ele falasse:

– Depois que você foi embora do piquenique, o pastor chamou todos os presentes. Duvido que alguém vá ter coragem de falar qualquer palavra negativa a seu respeito depois do que ele fez.

Yael olhou para a tia, depois para Calebe e, finalmente, para o pastor.

– O que o senhor fez?

Tio Joaquim explicou:

– Ele pediu que todos fossem com ele para a beira do rio. Quando chegou à margem, ele encheu as mãos de pedras. Depois ele disse...

Tia Amelie interrompeu o marido:

– ... pegue uma pedra quem não tem pecado algum.[3]

Yael olhou do pastor para Violeta, que balançava a cabeça confirmando a versão.

O tio completou:

– Aí ele falou que não era da conta de ninguém saber o que tinha acontecido com você, Yael. E que, se um dia quisesse falar sobre isso, seria sua própria decisão. Ele completou que, como comunidade de irmãos e irmãs, nosso dever é amar.

Yael sentiu duas grossas lágrimas salgadas escorrendo pelo rosto. Ela olhou para o pastor e sussurrou:

– Obrigada!

Pastor Samuel bateu de leve na mão da moça. Ele disse:

– Não me agradeça. Apenas receba a graça que Deus distribui à vontade.

---

3 *João* 8:7 (NTLH).

Minha graça te basta, foram as palavras que Yael tinha ouvido no sermão. Yael balançou a cabeça. Violeta falou:

– Venha aqui fora um instante. Temos umas coisas para você.

Todos saíram pela porta e foram até a carroça do pastor. Nela, havia várias caixas cujo conteúdo Yael não conseguia ver no escuro. Calebe e Joaquim pegaram as caixas de madeira e as levaram para a mesa. Yael mal pôde acreditar. Havia cobertas, roupas de mulher, algumas roupas infantis e vários alimentos, como farinha, açúcar, feijão e legumes em conserva.

– Não estou entendendo – Yael disse.

Violeta afirmou:

– É uma demonstração de que todos vamos cuidar de você.

Calebe coçou a cabeça, olhou para a esposa e a abraçou. Quando os visitantes finalmente saíram, depois de um café com torta, sobras do piquenique que a tia trouxera, o jovem casal ficou de pé ao lado da mesa, admirando os presentes.

– Começo a entender um pouco a sua fé. Gostaria de ter uma fé assim também. – Yael puxou um lindo xale azul da caixa.

– *Basta uma fé como um grão de mostarda*[4] – Calebe respondeu.

Depois que os dois guardaram todos os presentes em seus devidos lugares no quarto e na cozinha, prepararam-se para dormir. Yael sentou-se na cama e esperou Calebe apagar o lampião e se deitar na outra cama. Ela permaneceu sentada, ouvindo o barulho do marido se aconchegando debaixo das cobertas. De impulso, ela se levantou e sentou-se na beirada da cama dele.

– Posso ficar um pouco com você?

A pergunta de Yael, que não passava de um sussurro, foi respondida quando Calebe levantou a colcha e puxou a mão da esposa. Ela soltou um suspiro e descansou a cabeça no ombro forte dele. Em poucos minutos, a moça dormia. Dormiu um sono profundo e tranquilo, sem lugar para pesadelos.

---

4 *Lucas* 17:6 (NTLH).

Capítulo 20

O trabalho de reforma da casa começou cedo. Calebe se dividia entre o trabalho no sítio e o da construção de mais dois quartos e a expansão da sala. No celeiro, Gabriel serrava madeira, enquanto Calebe martelava as ripas para fazer a estrutura de sustentação do telhado. Yael cuidou dos animais, sempre seguida por Clara e Flaky, e trabalhou um pouco na horta. Depois do almoço, pastor Samuel veio ajudar na obra. Tio Joaquim chegou logo em seguida.

Nos dias seguintes, a rotina continuou a mesma, com Samuel e Joaquim aparecendo para dar uma mãozinha em horários variados. Gabriel trabalhava duro, mas o seu semblante estava sempre triste.

Calebe voltou de Harmony com mais material de construção e nenhuma carta. O coração de Yael apertava nessas horas. Nada de notícia dos irmãos.

Na quinta-feira, como combinado, Alana apareceu para um café, mas acabou ajudando Yael no trabalho do sítio. A jovem esposa achou bem peculiar a roupa da nova amiga: uma saia que mais parecia uma calça masculina, com detalhes em couro. As duas tranças negras de Alana caíam pelas costas enquanto ela trabalhava tirando capim da horta. Alana parecia alheia ao rumor que correu como fogo na palha no dia do piquenique. Yael considerou que talvez a notícia não tivesse chegado a ela, já que tinha ido embora mais cedo.

O final do dia foi de celebração, quando os homens terminaram de levantar a estrutura do primeiro quarto. Yael bateu palmas e deu um abraço em Calebe. Desde a noite em que dormiram juntos, abraçados, ela sentia como se várias borboletas estivessem batendo asas em seu estômago e em seu peito, quando olhava para o marido. Ele não a tocou naquela noite; apenas sussurrou um boa-noite tímido.

No domingo, Calebe tomou a palavra na igreja para agradecer o cuidado de todos com sua família, que estava recebendo roupas, alimentos e itens de casa. Laura olhava para Yael como uma águia pronta a enfiar as unhas na presa. *Se ela pudesse, bem que pegaria as pedras que o pastor ofereceu às pessoas no dia do piquenique*, pensou Yael, desviando o olhar da moça.

O almoço na casa dos tios foi rápido, pois Calebe queria voltar para casa a fim de terminar um serviço. Yael aproveitou e tirou um cochilo quando chegaram ao sítio. Ao acordar, ela se deparou com uma cadeira de balanço na sala. Calebe não estava. Ela se sentou e embalou o corpo. Seu marido não parava de surpreendê-la com todo tipo de carinho e nunca cobrava nada em troca. Yael lembrou-se da voz em seu sonho: *Confie em seu marido*. Ela confiava, mas devia-lhe uma resposta à pergunta que fez na volta de Harmony, duas semanas antes: *Você leva nosso casamento a sério?*

Ela lhe devia uma resposta e queria estar convicta disso quando respondesse. Essa convicção viria quando estivesse pronta para ser sua mulher de corpo, alma, mente e coração. E Yael sentia que seu coração já se inclinava para isso.

Calebe entrou na sala com um balde de água na mão. A camisa clara, com as mangas enroladas até o cotovelo, ressaltava seu rosto corado pelo sol e pelo calor. Seu cabelo, sempre em desalinho, brilhava. Seus olhos se iluminaram ao ver Yael sentada na cadeira. *Os olhos dele sempre brilharam assim?*

– Você nunca se cansa? – Yael o observava jogar a água fresca na bacia da pia.

Ele deixou o balde no chão e sorriu.

– Cansar de quê?

– Disso tudo. – Ela fez um gesto mostrando a casa. – De cuidar de tudo... cuidar de mim.

Calebe ajoelhou-se ao lado da cadeira de balanço.

– Cuidar é minha forma de demonstrar... amor.

Yael soltou um som de surpresa. Olhou para aquele homem ajoelhado ao seu lado. Lentamente, correu os dedos pelo cabelo dele. Ele abaixou a cabeça, apoiando a testa no colo dela. Yael continuou com os movimentos leves dos dedos, descendo da nuca de Calebe ao alto da cabeça.

– O que você disse? – A voz dela saiu suavemente.

Calebe levantou a cabeça.

– Amo você. Amo como nunca amei nada e ninguém. Amo desde o que dia em que apareceu na minha porta. Amo agora e vou amar amanhã. Vou amar para sempre.

Yael engoliu um nó na garganta. Nunca na vida tinha ouvido palavras assim, do mais puro amor, como ouro de joia. Devagar, ela abaixou o rosto e beijou a cabeça dele; depois, seu rosto. Calebe inclinou o corpo para trás, sentando-se nos calcanhares. Pegou as mãos da esposa e beijou dedo por dedo. Em seguida, beijou-lhe as palmas das mãos. As borboletas no estômago de Yael batiam asas de forma frenética. Um grande calor tomou conta de seu peito, subindo pelo pescoço. Seu coração não só se inclinava para Calebe – na verdade, começava a mergulhar naquele amor que ele oferecia.

– Calebe, eu... – Ela parou. Levou a mão ao ventre. Uma pontada aguda foi seguida de outra e outra. Ela soltou um gemido alto.

Calebe levantou-se depressa.

– O que foi? Está passando mal?

Yael se levantou, dobrando-se com a dor.

– Não sei... minha barriga dói muito.

Calebe ficou parado, sem saber o que fazer.

– Quer que chame minha tia?

– Preciso me deitar... ai, ai...

Ele a levou para a cama.

– Você está sangrando!

Depois dessas palavras, tudo ficou confuso na cabeça de Yael. A dor era grande. Uma batida forte na porta deixou Calebe em alerta. Ele correu para a sala. Dobrada de dor, Yael espiou para fora do quarto. Viu Alana entrar com uma mulher de cabelos escuros lisos, com mechas grisalhas.

– Alana! – O tom de voz de Calebe era uma mistura de surpresa e preocupação.

– Minha avó disse que queria fazer uma visita à Yael. Ela está?

Yael gritou quando a dor de uma contração explodiu em seu ventre. As duas mulheres correram para lá, fechando a porta antes que Calebe pudesse entrar.

* * *

De fora, Calebe ouviu os gemidos e o choro por uma eternidade. Andou de um lado para o outro na sala, cheia de material de construção. De repente, o silêncio. Ele correu para a porta.

Alana saiu. Calebe olhou para ela e se sentou numa cadeira.

– Sua esposa perdeu o bebê. Sinto muito. – A jovem indígena enxugava as mãos em uma toalha.

Calebe apoiou os braços na mesa e abaixou a cabeça.

– Por que tanta dor para Yael, Deus? – Foi sua pergunta, antes de liberar as lágrimas.

Capítulo 21

— Yael precisa descansar agora – disse a senhora de cabelos longos, enxugando as mãos no avental. Ela puxou a porta devagar, deixando sua paciente dormindo no quarto.

Calebe passou a mão pelo cabelo e depois pelos olhos. Estendeu a mão para a mulher.

— Obrigado, Nita, mais uma vez! – Memórias do passado doloroso se juntaram à lembrança da condição da esposa dormindo no quarto.

A mulher apertou de leve o braço de Calebe.

— Não precisa agradecer. Sabe que essa é minha missão.

— Uma missão difícil – respondeu ele.

— Mas também muito recompensadora quando o doente se recupera.

Nita tinha passado com Calebe a perda da mãe dele. Os dois sabiam que nem sempre a recuperação era o resultado do cuidado e das noites insones.

A porta do quarto se abriu, e Alana saiu de fininho, carregando um balde com panos sujos de sangue.

— Troquei a roupa de Yael. Vou levar essa trouxa para casa e trago lavada.

— Precisamos ir – disse vó Nita.

– Não lhes ofereci nada, um café ou chá – Calebe interrompeu, os olhos pesados de tristeza.

– De forma alguma. Você precisa descansar também. Yael vai ficar uns dias de cama. Monitore a temperatura dela e, se tiver febre, me avise imediatamente. O dr. Carl está em Belleville e levaria um bom tempo para chegar aqui.

Calebe balançou a cabeça afirmativamente.

– E de que outros cuidados ela precisa?

Vó Nita aproximou-se da porta da entrada, seguida da neta. Olhou para Calebe.

– Acho que ela já tem o mais importante – respondeu, abrindo a porta.

– O quê? – Calebe perguntou.

– Seu carinho e amor incondicional. – A mulher fixou os olhos no rapaz. – Você sempre nos surpreende com sua superação e cuidado com os outros. Yael está em boas mãos.

Calebe ficou parado na soleira da porta, olhando para a avó e a neta subindo na carroça e tomando a estrada. O sol de primavera, que se punha depois das nove da noite, acabava de sumir no horizonte, deixando um risco alaranjado no céu. Calebe agradeceu a Deus pela intervenção de Nita. A mulher sempre aparecia nas horas mais críticas das experiências da comunidade.

Agora Yael dormia com o ventre vazio. Nita surgira inesperadamente em seu socorro. Bem, Calebe sabia que uma mulher de oração como ela, com a missão de cuidar dos enfermos e trazer crianças ao mundo, tinha um discernimento especial quanto às necessidades dos moradores de Harmony e dos sítios ao redor.

Fechando a porta, Calebe cruzou a sala. Queria ver Yael. Ele parou ao segurar a maçaneta. Olhou para a estrutura de madeira do novo quarto, protegida com algumas tábuas de madeira para barrar a entrada de animais e do vento. O cômodo não mais receberia um bebê. Pelo menos, não por um tempo. Calebe desejou ardentemente encontrar Sara e Nathan para tirar parte da dor de Yael.

Ele entrou no quarto iluminado por um lampião. Yael estava deitada com o corpo coberto por uma manta. Seus cabelos soltos se espalhavam pelo travesseiro e por parte da cama. Horas antes, Calebe tinha sua cabeça deitada no colo da esposa e recebia ternos carinhos. O olhar que eles trocaram quando ele derramou seu amor por ela em palavras foi especial. O que ele vira nos olhos de Yael era um lampejo de amor?

Colocando a mão na testa da esposa e depois lhe dando um beijo, o rapaz apagou o lampião. Saiu de casa para uma última inspeção ao sítio antes de dormir.

Semanas antes, sua vida era outra. Girava em torno da rotina. Com a chegada de Yael, tudo tinha mudado drasticamente. Mas ele jamais trocaria o presente especial de ter conhecido sua esposa, enviada por Deus, por uma vida previsível. Ainda mais quando estava perdida e irremediavelmente apaixonado por ela.

Capítulo 22

Amelie chegou logo cedo à casa dos sobrinhos para cuidar de Yael. Vó Nita tinha enviado uma mensagem aos tios, contando a respeito da perda do bebê. Calebe sentiu-se grato pela chegada da tia. Não saberia como cuidar de uma mulher sangrando, muito menos quando não conhecia sua intimidade. Além do mais, ele acordou com disposição renovada de terminar o primeiro quarto e começar o segundo com a ajuda de Gabriel. Depois, só faltaria aumentar a sala e estariam prontos para receber famílias que viajavam pelo percurso perigoso em busca de uma vida melhor.

Calebe pedia diariamente a Deus que pudesse oferecer abrigo a Nathan e Sara. Abrigo não; melhor ainda: um lar. Calebe não os conhecia, mas os considerava seus próprios irmãos. No seu coração, ele remoía a angústia das tantas dores e perdas de Yael. Não achava justo. Às vezes, falava isso com Deus, e a resposta era sempre a mesma: *Ame sua esposa*. Ele amava. Amava com todas as fibras do seu ser. O que mais Deus exigia? Era difícil entender.

Calebe cuidou do campo e dos animais e, horas depois, uniu forças com Gabriel para levantar a estrutura do segundo quarto com a ajuda de tio Joaquim e pastor Samuel. Tia Amelie cuidava da paciente e cozinhava para os homens. Alana chegou logo depois do almoço, para ajudar. Sua dedicação à nova amiga era completa. Yael conseguiu se alimentar, tomar banho e sentar-se ao sol na nova cadeira de balanço ao lado da horta, enquanto Alana cuidava dos brotos das verduras e legumes, que já mostravam folhas verdes e tenras. Sempre que Calebe passava por ela, falava uma palavra de incentivo ou lhe fazia um carinho na cabeça ou na mão. Yael abria um leve sorriso no rosto pálido.

Os dias passaram. O primeiro quarto ficou pronto, e o segundo precisava ainda das paredes e da janela.

A saúde de Yael melhorava lentamente. Calebe sentia que a tristeza dela impedia uma recuperação mais rápida. Vó Nita garantia que sua paciente estava bem, e dr. Carl confirmou a opinião ao visitar sua mais nova paciente.

Calebe ainda não tinha conversado com a esposa sobre a perda do bebê. Não sabia como ela se sentia a respeito disso. Talvez estivesse aliviada, mas fisicamente debilitada com a perda de todo aquele sangue. Talvez tivesse se apegado à ideia de ter um filho.

Sempre que ele voltava de Harmony sem notícias de Sara e Nathan, o rosto de Yael ficava mais pálido. Ele era imensamente grato à tia e a Alana por se revezarem no cuidado com a esposa, mas nada a fazia sorrir.

O fim de semana chegou, e o jovem casal participou do culto, mas não foi almoçar com os tios. Violeta entregou a eles alguns cartões de condolências de alguns membros da igreja, juntamente com pães e manteiga frescos. Calebe agradeceu efusivamente as demonstrações de cuidado. Laura observava tudo com o nariz empinado.

Outra semana se passou, e o segundo quarto ficou pronto. Yael já se movimentava normalmente, mas Alana ainda vinha algumas vezes na semana ajudar sua melhor amiga. Elas conversavam bastante, e Calebe ficava curioso sobre quais seriam os assuntos. Sua esposa não se abria com ele. As palavras que ela lhe dirigia eram sobre coisas corriqueiras: como decorariam os quartos, quando ela poderia ir a Harmony comprar tecidos para roupa de cama, o que ele queria para almoçar e jantar.

Uma grande dúvida começou a brotar no coração de Calebe. Era possível que Yael o culpasse pela perda do bebê? Talvez ele a tivesse deixado agitada demais com sua declaração de amor minutos antes das dores. O trabalho árduo o distraía dessa pergunta a maior parte do dia, mas, com a cabeça no travesseiro, ouvindo o ressonar da esposa na cama ao lado, Calebe ruminava a pergunta. Assim que a obra terminasse, ele iria conversar com ela.

Olhando para o teto escuro com um traço de luar prateado, Calebe sentiu o coração apertar. No silêncio, ele era consumido pela paixão por Yael. Seu cheiro doce, a suavidade da pele, a risada límpida, os cabelos sedosos, sua boca pequena e bem delineada, seus olhos de gazela, tudo, tudo o atraía. Calebe tinha descoberto logo cedo que Deus não só lhe mandara um presente (não um objeto, como ele garantiu a Yael), mas o melhor presente. Duvidava haver mulher mais valorosa do que a sua. Bem, não era sua mulher na completa definição da palavra, mas a esposa do seu coração.

Cansado de tanto pensar, Calebe se levantou e vestiu a camisa em silêncio. Precisava tomar ar, talvez enfiar a cabeça na tina de água fria no celeiro. Poderia aproveitar e tirar um pouco de leite de Clara para o café da manhã da sua amada.

Vestindo a botina de trabalho, ele saiu de fininho de casa. A lua estava coberta por uma fina camada de nuvens como um rendado brilhante. Misty sentiu a presença do dono, aproximou-se da cerca e relinchou.

– Não vamos a lugar algum – Calebe disse à égua, que soltou ar pelas narinas de forma ruidosa.

No cercado de Clara e Flaky, Calebe ordenhou a cabra. Ia saindo de volta para casa, quando ouviu um barulho entre as folhagens do arbusto atrás do galinheiro. Uma raposa ou um gambá? Calebe estava desarmado. Deixando o baldinho com leite em cima de um tronco caído, ele aproximou-se do arbusto, que se mexeu ruidosamente. Calebe fez uns sons de espantar animal e um vulto correu para trás de uma árvore. Não era raposa ou gambá. Não parecia o vulto de um animal, mas de humano. Seu coração acelerou. Viu outro vulto. Sem dúvida de uma mulher. Os soluços de choro de uma criança logo começaram.

– Quem está aí? Não tenham medo. Venho em paz. – Calebe esticou o pescoço e deu uns passos à frente.

Um homem de estatura mediana saiu de trás da árvore com as mãos levantadas.

– Moço, venho em paz também. – Uma mulher apareceu ao seu lado, segurando uma criança de uns 2 anos no colo. A criança fungava.

Calebe se aproximou do grupo.

– Saiam daí, pode ser perigoso. Venham comigo.

O homem e a mulher, com a criança agarrada ao seu pescoço, aproximaram-se de Calebe. No escuro, não dava para examinar seus rostos, mas Calebe viu medo no brilho de seus olhos.

– Estávamos em viagem e fomos atacados. Fugi com minha família, enquanto os bandidos pilhavam nossas coisas. Nossa carroça foi roubada – o homem explicou, a voz entrecortada pelo medo.

– Venham, venham. – Calebe seguiu em direção à casa.

A família entrou, homem e mulher bem próximos um do outro, e a criança no meio. Calebe correu para a mesa e acendeu o lampião. Surpreendeu-se com a juventude do casal. Eles não deveriam ter mais que 20 anos. Puxando duas cadeiras, ele as ofereceu ao casal, que se sentou de imediato. Estavam nitidamente cansados. A mulher ajeitou a criança no colo e suplicou:

– Moço, um pouco de água, por favor.

Calebe correu ao canto da cozinha e encheu três copos com água fresca do balde. A mulher bebeu sofregamente, enquanto dava água ao filho. O homem bebeu metade da água e deixou o copo na mesa.

– Por favor, nos indique um lugar para ficar. Estamos cansados. Não temos muito dinheiro – disse o homem, tirando um saco de moedas de dentro do forro da calça rota.

– Aqui. Vocês vão ficar aqui – Calebe respondeu.

O homem e a mulher olharam para ele e depois um para o outro. Nesse momento, a porta do quarto se abriu, e Yael saiu abotoando o vestido, o cabelo amarrado em um rabo de cavalo.

– Calebe, quem são... – As palavras lhe faltavam.

– Eu os encontrei no arbusto atrás do galinheiro. Foram atacados na estrada.

Assim que Calebe explicou, Yael terminou de fechar o vestido e correu para a pia. Abriu e fechou as portas do armário, tirou pratos, cortou pão, passou manteiga fresca. Tirou da caixa de comida algumas salsinhas, que o avô caçador de Alana tinha mandado de presente, e colocou tudo em cima da mesa. Vendo a agitação da esposa, Calebe passou um café, correu lá fora e trouxe o baldinho de leite. Em minutos, a família devorou a comida, agradecendo sem parar.

Yael colocou as mãos na cintura e olhou para a porta do novo quarto.

– Calebe, pegue o meu colchão e traga para cá. Vou pegar cobertas no baú.

Calebe não contestou. Logo colocou o colchão de Yael no quarto novo. Ela correu para o baú no canto da sala e tirou algumas cobertas que tinha ganhado de presente. Tirou do baú um vestido e uma camisa masculina. Colocou tudo em cima da cama improvisada. O casal olhava a agitação com olhos arregalados. O garotinho de rosto encardido dormia no colo da mãe.

Observando a esposa cortar mais pão, Calebe se surpreendeu com o vigor dela. Até a palidez tinha deixado seu rosto. Ela parecia muito mais saudável do que antes de perder o bebê. O coração de Calebe se inflou mais ainda. Como era possível amar tanto uma mulher? Temia que seu peito fosse explodir ao vê-la levando o casal e a criança para suas novas acomodações. A mulher se desmanchava de gratidão, e o homem ajudava a esposa a acomodar o filho na cama no chão.

Para se sentir útil, Calebe foi até o poço e buscou mais água. Quando entrou em casa, a porta do quarto dos hóspedes estava fechada e Yael, arrumando a cozinha com um sorriso no rosto. Ele deixou o balde no chão e se encostou na pia.

– Você é maravilhosa. Como está se sentindo?

Ela fechou a porta do armário e olhou para o marido.

– Maravilhosa. Eu me senti maravilhosa. Calebe, salvamos uma família! – Num impulso, ela se jogou nos braços dele.

Calebe apertou sua esposa, ignorando o fato de que ela ainda estava convalescendo. Yael retribuiu a pressão do abraço. Recostou a cabeça no ombro dele.

– Obrigada por ter feito esses quartos.

O coração de Calebe batia como cavalo selvagem correndo nas vastas campinas. Queria pegar sua mulher no colo e levá-la para a intimidade do quarto.

A cama dela! Onde ela iria dormir? Ele provavelmente iria para o chão.

Yael afastou-se de Calebe e o pegou pela mão.

– Vamos dormir. Logo o dia amanhece, e temos muito trabalho pela frente.

Calebe se deixou levar por Yael para o quarto; ela, carregando o lampião. Com a porta fechada, ela tirou o vestido e apagou o lampião. Calebe ficou parado no meio do quarto escuro. Viu o vulto de Yael deitando-se na cama dele.

– Calebe, você não vem? – A voz foi um pouco mais que um sussurro.

De calça de pijama e de camisa, Calebe titubeou. O que devia fazer? O que ela queria dizer com aquela pergunta? Por que as mulheres eram um mistério? Ele tirou a camisa e se sentou na beira da cama, de costas para Yael. Ouviu-a se mexendo na cama.

– Venha, deite-se – ela disse.

Com as costas tensionadas, ele se esticou ao lado dela. Yael colocou a cabeça no peito dele e caiu num pesado sono.

Calebe suspirou profundamente. Não conseguiria pegar no sono, nem que levasse uma pancada na cabeça.

Aquela foi uma das noites mais difíceis da sua vida.

Capítulo 23

Yael se sentia eufórica. A chegada do casal, Lídia e Abner, e do menino Benjamim, era como reviver sua própria história de uma forma diferente. Eles escaparam fisicamente ilesos dos bandidos. Poderiam recomeçar a vida, os três juntos. Yael tinha recuperado sua força e energia, e corria de lá para cá, preparando comida para seus hóspedes. Lídia cooperava em tudo, enquanto cuidava de Benjamim. Abner utilizou a força de seus braços para ajudar na construção da nova estrutura da sala.

Pastor Samuel apareceu logo que recebeu a notícia da nova família, e chegou ao sítio Hebron com várias doações, inclusive a de uma cama e uma cômoda. O quarto da família oferecia mais conforto. Benjamim ganhou alguns brinquedos e ficava entretido na sala, enquanto as duas mulheres cozinhavam. Tia Amelie e tio Joaquim apareceram no meio da tarde com uma quantidade enorme de alimentos. O jantar foi um grande evento, e contou com a presença de Gabriel – que, pela primeira vez, suavizou o semblante pesado –, Alana, vó Nita e vô Raini, que trouxeram mais linguiça fresca. Calebe declarou que iria aumentar a mesa e fazer mais cadeiras.

O barulho de louça, conversa, risadas e choro de Benjamim trouxe uma nova vida à casa. Yael não media esforços para prover à nova família, mas não deixou de notar que Gabriel e Alana trocavam olhares, vez por outra. Enquanto cortava mais pão e ouvia a conversa da sua nova grande família, Yael fez um apelo a Deus que lhe trouxesse os irmãos de volta. Sua felicidade estaria completa.

– Amigos, amigos – Abner se levantou e falou em tom mais alto que as vozes na sala de jantar –, quero, em nome da minha família, agradecer de coração a acolhida. Vocês foram preparados por Deus para salvar minha vida, a da Lídia e a do Benjamim. Nunca poderei retribuir de forma adequada. No entanto, precisamos seguir viagem. Não sei por onde começar. Não tenho mais minha carroça e perdi o documento da posse da terra que adquiri.

Lídia abaixou a cabeça, o semblante mais pesado. Tio Joaquim olhou para pastor Samuel e pediu a palavra. Abner se sentou. Calebe olhou para o tio, que disse:

– Entendemos sua situação. Por isso, tomei a liberdade de conversar com umas pessoas. O Joel ferreiro precisa de ajuda. Com tantas pessoas viajando por aqui, o trabalho de arrumar ferradura de cavalo aumentou. – Os olhos de Abner brilharam. – E mais uma coisa! – Joaquim olhou para a esposa. – Temos um pequeno pedaço de terra que anda meio abandonado. Gostaríamos de dá-lo a vocês, com a seguinte condição: trabalhem a terra como quiserem. Assim que ela produzir, será sua.

Lídia olhou para o marido com os olhos cheios de lágrimas. Abner arregalou os olhos e estendeu a mão para Joaquim.

– Aceito a proposta com gratidão.

Todos os demais bateram palmas. Vô Raini prontificou-se a doar uma vaca ao casal. Assim, a noite terminou com uma enxurrada de agradecimentos. O coração de Yael transbordava de alegria.

E Calebe passou mais uma noite insone, sentindo o cheiro de rosas do cabelo da esposa espalhado sobre o seu peito.

Capítulo 24

Dois dias depois, o grato casal foi levado por tio Joaquim para sua nova moradia, não muito longe do sítio Hebron. Yael voltou à sua rotina, que agora incluía costurar cortinas para os dois novos quartos, que já tinham duas camas doadas. A nova sala estava pronta. Ela e Calebe iriam a Harmony para comprar alguns itens que faltavam para deixar tudo preparado para eventuais hóspedes.

Alana aparecia vez por outra e ajudava com a costura. Quando ela e Gabriel se cruzavam no sítio, os olhares se engachavam. Yael comentou com Calebe sobre os flertes, e ele riu, dizendo que Gabriel não ficava mais com a cara fechada o dia todo.

Quando o sol começou a descer no horizonte no sábado, Calebe diligentemente encheu a banheira de Yael. Ao mergulhar na água morna, ela notou um embrulhinho em cima da cama. Esticando o braço, ela alcançou o embrulho e o abriu. Era um sabonete de fragrância de rosas. Onde Calebe teria arrumado aquele presente? Certamente tinha o dedo de tia Amelie. Ele sempre deixava sua marca registrada quando preparava o banho de Yael, como quando deixou as pétalas de rosas e, outra vez, potinho com frutinhas silvestres que cresciam na região.

Yael passou o sabonete pelo corpo e inspirou o cheiro. Lavou o cabelo, separando as mechas com os dedos. Depois do banho, precisaria dar uma voltinha para secar o cabelo, como sempre fazia. No inverno, o processo se daria em frente à lareira.

Ela passou a mão no ventre. Uma sensação agridoce subiu pela garganta. Não tinha mais a semente do pecado de Abadon. No entanto, gestar uma vida era algo especial: o ser inocente não deveria carregar a culpa de um ato vil. *Deus sabe o que faz*, Yael pensou. Com um soluço, ela levou a mão à boca. Acreditava, mesmo, que Deus sabia o que fazia? Por que então a dificuldade de aceitar o amor de Calebe?

Minutos antes de sentir a dor do aborto espontâneo, Yael planejava dizer a Calebe que gostava dele, em resposta à longa declaração de amor dele. Ainda bem que não tinha dito nada, porque, na verdade, ela não só gostava dele – ela o amava. Sim! Ela o amava com todo seu coração.

A descoberta desse amor a fez sentar-se ereta na banheira. Uma urgência em falar com Calebe tomou conta dela. Uma leve batida na porta fez o coração de Yael disparar.

– Entre – ela disse.

Calebe entrou e imediatamente se virou de costas.

– Desculpe. Achei que tinha terminado seu banho. Vim ver se eu já podia tirar a água... a água... da...

Yael interrompeu:

– Eu disse que podia entrar – A voz de Yael era um sussurro. Calebe ficou estático, de costas. – Calebe – A voz de Yael era mansa e doce. – Olhe para mim.

Um minuto de silêncio. Lentamente ele se virou. Yael levantou a mão, a água escorrendo pelo braço, pingando no chão. Seus cabelos colavam em seu torso, escondendo os seios. Calebe aproximou-se devagar, o rosto vermelho.

– Eu levo a sério – ela disse.

Ele pegou na mão dela.

– Leva a sério o quê?

Yael suspirou e se levantou da banheira, a água escorrendo pelo corpo esguio.

— Nosso casamento. Levo a sério nosso casamento.

Calebe soltou um forte suspiro. Arrancou a esposa da tina d'água e a levou para a cama. As trocas de palavras de amor se misturavam aos suspiros, entrecortadas por beijos e carícias.

* * *

Calebe inspirou a fragrância do cabelo úmido de Yael. Ela dormia em seu peito. Ele sorriu e a puxou para mais perto de si, como se fosse possível uma aproximação maior. Aquilo era milhares de vezes melhor do que imaginava, quando sonhava e ouvia a promessa de Deus de que lhe daria uma esposa, uma mulher. Sentia-se como Adão no Paraíso, com sua Eva, ajudadora fiel. Aquilo era bom, era justo, era correto – como tinha sido planejado pelo Criador, quando fez macho e fêmea para se completarem com suas diferenças e aptidões. Era a exaltação da união conjugal; a mais completa e íntima que um ser humano poderia ter.

Yael se mexeu nos braços do marido, abriu os olhos cansados e sorriu.

— Ah, você está aí. Achei que tinha sonhado.

Calebe tirou uma mecha de cabelo do rosto dela e beijou seus lábios.

— Não sairia daqui nem que caísse um raio na casa. Hoje, os bichos podem mugir, relinchar, cacarejar, que não saio daqui. Se uma nuvem de gafanhotos passar e destruir toda a plantação, ainda assim fico aqui!

Yael riu solto e se apoiou no cotovelo.

— Você pode não querer se levantar, mas eu preciso me enxugar e trocar essa roupa de cama. Está tudo encharcado.

Ela ameaçou se levantar, mas Calebe a puxou.

— O ar seco e o sol secam tudo logo, logo.

Yael se deitou novamente ao lado dele e teve que concordar: era bem melhor ficar onde estavam.

Capítulo 25

Os dedos entrelaçados não se soltavam um minuto, nem quando os dois saíram da igreja com os tios bem atrás deles. Aonde Calebe ia, Yael ia junto. Aonde ela ia, ele ia também. Seus olhares se cruzaram várias vezes, e a jovem não se lembrava de uma palavra que o pastor tinha dito. Duvidava de que Calebe também soubesse.

No almoço na casa dos tios, Calebe não tirou o braço do ombro da esposa. Era como se tivesse receio de que ela sumisse ou o encanto se desfizesse. Tia Amelie ria e perguntava o porquê daquele grude. Tio Joaquim repreendia a mulher com bom humor, aconselhando-a deixar o casal em paz. Desviando o assunto, o tio disse:

– Abner e Lídia estão se ajeitando na nova casa. Bem, nova ela não é, mas é um teto seguro. Abner já começou a arar a terra. Eles não foram à igreja hoje porque precisam fazer uns consertos nas janelas e no telhado para não serem pegos de surpresa com a chuva que promete cair mais tarde.

– Não vi Alana, a avó e o avô na igreja. – Calebe beijou a mão de Yael e se serviu de mais carne assada.

– Eles saíram para ajudar uma família doente. Os pais e os filhos estão com catapora. – Amelie se levantou para tirar a mesa. – Eles têm esse dom especial, e o dr. Carl sempre os chama quando precisa de ajuda.

— Reparei como Alana e Gabriel trocam olhares — Yael comentou, enquanto entrelaçava seus dedos com os de Calebe.

— Não é só a catapora que se espalhou. O bichinho do amor anda picando muita gente. — Amelie riu e saiu para a cozinha com os pratos.

Tio Joaquim deu uma risada e saiu atrás da esposa com os pratos sujos. Calebe virou-se na cadeira, puxou a cabeça de Yael para perto e beijou-lhe os lábios.

— Você me enfeitiçou. Não entendi uma palavra do que o pastor falou.

— Nem eu. — Ela acariciou o rosto dele. — Acho que esse encantamento passa logo, não é?

— Espero que não. Ou talvez deva diminuir, porque como vou trabalhar com os dedos enroscados aos seus?

— E como vou cuidar da casa sentindo saudade infinita de você quando não está perto?

Os dois riam quando os tios entraram na sala de jantar com a sobremesa. Tia Amelie cochichou para o marido:

— É, esse bichinho do amor anda bem ocupado.

Sim. Yael definitivamente tinha sido picada, e seu caso era grave.

Capítulo 26

A mulher de vestido rasgado e cara mal lavada não era muito diferente de tantas que entravam na loja. Não era a primeira e certamente não seria a última vítima da violência nas rotas rumo ao oeste do Canadá. Ela passou apressadamente pelas prateleiras, tirou umas moedas do bolso e as contou. Pegou algumas batatas e um pedaço bem pequeno de carne-seca, que o dono da mercearia embrulhou enquanto examinava a freguesa de rosto sujo. A mulher pegou o embrulho e pagou a compra, restando-lhe umas poucas moedas na mão. Ela olhou para a jarra de pirulitos e pediu dois, saindo logo em seguida da loja com a cabeça baixa.

Na passarela de madeira da rua principal de Harmony, a mulher tomou o cuidado de olhar de um lado para o outro. Uma poeira fina subiu da rua de chão quando uma carroça passou. A mulher levou a mão à boca e tossiu discretamente. Apressou o passo, até sumir por um beco entre o hotel e a padaria. O cheiro de pão fresco encheu sua boca de saliva. O que ela não daria por um pedaço de pão? Não. Não colocaria nada a perder.

A passos ligeiros em direção à periferia da vila, a mulher sumiu no mato. Nenhum dos transeuntes prestou atenção nela. Era segunda-feira, e todos tinham suas responsabilidades. E quem daria atenção a uma mulher largada? O xerife passou a cavalo, mas a mulher se embrenhou na mata como uma raposa. Nada de extraordinário. Nada fora do comum naquelas bandas.

    A mulher, carregando seu pacote, caminhava de cabeça baixa. Conhecia aquela picada como a palma da mão. Era uma hora de caminhada, mas valia a pena. Era necessário. Os galhos das árvores batiam em seu rosto, e ela tentava se desviar. Uma borboleta-monarca acompanhou a mulher por um trecho e depois sumiu entre os arbustos de amoras. As frutinhas eram abundantes na região e eram as únicas que a mulher encontrava para comer.

    Como ela já sabia, o som de um riacho indicava que estava perto do seu destino. Felizmente a mata era fechada. Bem aprouve a sorte que ela encontrasse o miserável casebre cercado pelo mato alto. Era seu lar. Pelo menos, até conseguir outra coisa melhor. Coisa melhor significaria achar emprego. Suas mirradas economias estavam se esgotando rapidamente.

    Empurrando o mato, a mulher chegou à porta torta da casa dilapidada. Era de madeira, cheia de buraco de cupim. O telhado era coberto por musgo, com um ninho de passarinho na pequena chaminé. As janelas quebradas estavam cobertas de teias de aranha, e o vidro que restava tinha uma camada de poeira. Era seu lar, no entanto.

    Ela abriu a porta e custou a ajustar os olhos ao ambiente escuro. Pouca luz solar entrava. A mulher colocou o pacote com as poucas batatas e a carne na mesinha de pernas bambas, e tirou os pirulitos do bolso. Não se assustou por estar sozinha. Seus acompanhantes saíam àquela hora para pegar algum coelho que porventura caísse na armadilha improvisada. A mulher desejou ardentemente que houvesse uma presa. Havia dias não comiam carne fresca. Sem os itens necessários, não conseguiam caçar ou pescar direito. Contavam com a criatividade de um dos acompanhantes.

    Pegando as batatas, a mulher as descascou com uma faquinha enferrujada. Depois, colocou-as numa lata e foi lá para fora, a fim de acender a fogueira. Essa era uma hora perigosa. A fumaça poderia atrair visitantes indesejados.

Capítulo 27

De algum modo surpreendente, Calebe conseguiu fazer uma cama de casal em poucos dias, trabalhando de madrugada. Diferentemente das outras camas da casa, essa tinha uma cabeceira de madeira trabalhada. Ele era um artista, Yael observou, quando Calebe finalmente permitiu que ela visse o produto do seu trabalho, ainda no celeiro.

– Que cama maravilhosa, Calebe! Nunca vi nada igual – Ela passou os dedos pelos detalhes entalhados na madeira clara.

Pássaros e flores cobriam a cabeceira como uma imagem do paraíso. Yael enlaçou os braços no pescoço de Calebe e salpicou seu rosto com beijos. Que homem era aquele que não media esforços para fazê-la feliz? Um homem de fé.

Calebe abraçou a esposa pela cintura e riu da chuva de beijos. Juntos e com muita dificuldade, eles carregaram a cama para o quarto. Ela era pesada para Yael, mas Calebe disse que não queria ninguém bisbilhotando o presente para sua esposa. Segundo ele, o leito matrimonial era sagrado e privado.

Eles colocaram dois colchões de solteiro no estrado, até que fossem a Belleville comprar um maior. A ideia de ir à cidade nunca se concretizava, dada a quantidade enorme de trabalho que tinham durante a semana.

Naquela noite fresca, eles dormiram como sempre faziam: abraçados, como se um temesse que o outro sumisse no meio da noite.

— Carne da minha carne — Calebe sussurrava, com o rosto escondido na nuca de sua Eva.

No dia seguinte, Calebe saiu cedo para o campo, e Yael ficou polindo a cama nova. Era realmente linda. Procurando entre os tecidos que eles ganharam dos amigos, ela decidiu fazer uma bela colcha de retalhos para forrar a cama. Assim que ela começou a cortar os retalhos em cima da mesa, uma batida forte na porta a obrigou a deixar a tesoura em cima da mesa. O visitante deu mais duas batidas fortes, depois mais duas. Qual era a pressa?

Yael abriu a porta com um movimento rápido e se deparou com um homem alto de chapéu preto, roupa escura, com uma estrela prateada no peito. Ele se identificou como o xerife Lee, de Harmony, e perguntou por Calebe.

— Meu marido não está — O coração de Yael parecia querer saltar do peito. Será que ele trazia notícias dos seus irmãos?

O homem tirou o chapéu.

— Poderia chamá-lo?

Yael olhou em direção ao campo e não viu Calebe. Afobada, ela correu para o celeiro. Encontrou o marido martelando umas madeiras. Estava sozinho.

— Yael, o que foi? — Ele olhou preocupado para a esposa.

— O xerife... ele está aqui em casa. Pediu que eu viesse buscar você. Será que ele tem notícias de Sara e Nathan?

Calebe jogou o martelo para o lado e saiu apressado ao lado de Yael. Entraram em casa, convidando o xerife para entrar.

— Xerife Lee, tem notícias de Sara e Nathan? — Calebe enlaçou a cintura da esposa, que tremia.

O xerife bateu o chapéu na perna.

— Não, Calebe. Na verdade, vim aqui fazer algumas perguntas para sua esposa.

— Sobre meus irmãos?

O homem limpou a garganta com um pigarro.

— Não. Sobre a morte de um homem conhecido como Abadon.

O coração de Yael disparou e as pernas ficaram bambas. O suor molhou suas mãos.

— O que tem ele, e o que Yael tem a ver com isso? — Calebe perguntou, o semblante nitidamente preocupado.

— Achamos o corpo de um homem há algumas semanas. Começamos a investigar. Descobrimos que ele era um cafetão em Belleville, de nome Abadon. Então, liguei com a informação que você me deu de sua esposa ter aparecido no meio da noite em sua casa, provavelmente na época da morte do homem.

Calebe colocou-se em frente a Yael.

— Xerife, quando fui pedir ajuda para encontrar Sara e Nathan, deixei claro que *minha* esposa tinha sido vítima de um homem na estrada. — Calebe enfatizou o "minha". — O que omiti é que ela foi criminosamente atacada e largada na beira da estrada. Houve um crime, de fato, e ela foi a vítima. Se esse Abadon foi assassinado, Yael certamente não tem nada com isso.

O xerife passou a mão pelo cabelo castanho.

— Calebe, seu pai era meu amigo. Conheço você e sua família. No entanto, desculpe-me por ser direto, você tem essa versão de Yael e nenhuma comprovação de que é verdade. Ela tem algum álibi?

Yael sentiu o chão se abrindo para engoli-la. Ela agarrou as mangas da camisa de Calebe.

— Não admito você sequer cogitar que ela cometeria um crime e o esconderia. Confio plenamente nela e acredito na história que me contou.

O xerife limpou, de novo, a garganta com um pigarro.

— O fato é que recebi uma informação que pode ligar sua esposa à morte de Abadon.

O rosto de Calebe ficou vermelho. Ele puxou Yael mais para perto.

— E quem foi essa pessoa que lhe passou essa informação mentirosa? — A voz de Calebe era forte como de um trovão. Ele não fez questão de esconder sua ira.

— Não posso divulgar a fonte. Calebe, estou sofrendo pressão dos meus superiores para resolver esse crime. Os homens que trabalhavam para Abadon estão fazendo ameaças por aí. Sabe como é: eles não são só cafetões, mas assaltantes.

— E vem aqui acusar minha esposa em vez de colocar essa corja na cadeia? Xerife Lee, estou decepcionado. Não era assim que meu pai promovia justiça, protegendo um bandido e acusando uma pessoa inocente! – ele falava entre os dentes. – Meu pai ficaria horrorizado com essa atitude. Ninguém toca em Yael. Vocês precisarão me matar antes de fazer mal a ela. Saia já daqui! – Ele praticamente cuspiu as últimas palavras.

O xerife colocou o chapéu e saiu de cabeça baixa. Yael correu até a porta e a bateu com toda força.

— Calebe, isso é mentira. Não matei ninguém. O que contei para você é a mais pura verdade – a jovem falava entre soluços.

Calebe correu até ela e a abraçou.

— Nunca duvidei de você. Vou resolver isso. Vou a Belleville falar com esses superiores do xerife. Conheço alguns deles. – Ele a puxou para o quarto. – Faça uma sacola com roupas, que vou deixar você na casa dos tios. Preciso ir imediatamente para Belleville.

— Você está me assustando. O que pode acontecer comigo? – Yael falava e abria a gaveta da cômoda.

— Não vai acontecer nada. Confie em mim. Vou resolver essa situação. – Ele a beijou e trocou de camisa.

Os dois saíram apressados, para aprontar a carroça. Logo chegaram à casa dos tios. Calebe explicou o ocorrido, e tia Amelie agarrou a sobrinha pela cintura.

— Ai de quem tocar em você!

Calebe se despediu, desatrelou Misty da carroça e saiu a galope, deixando uma nuvem de poeira na estrada. Yael entrou para a sala e se sentou no sofá com as mãos no rosto.

— O que vai ser de mim?

Capítulo 28

Alana entrou na sala e correu até a amiga, abraçando-a bem apertado.

– Yael, vim assim que seu tio mandou o recado.

Yael puxou a melhor amiga para o sofá, arrumou a saia do vestido e fez um breve relato do que tinha acontecido.

– Vou confessar que estou com medo. Não sei como a justiça funciona por aqui. De onde eu vim, dizem que no Oeste cada um faz sua própria lei.

Alana jogou as duas grossas tranças negras para as costas.

– Não é bem assim. Mas acho muito estranho alguém ter acusado você.

– Não faço ideia de quem fez isso. Ninguém sabe da minha história a não ser o pastor, Violeta, meus tios, vocês e Calebe, claro.

– Talvez alguém que ouça conversas alheias, que não goste de você. – Alana levantou uma sobrancelha e torceu os lábios.

– Laura? – Yael se levantou. – Não sei como ela teria descoberto minha história.

– Uma mulher ciumenta e egoísta igual a ela corre atrás de informação.

Yael considerou as palavras da amiga. Não imaginava como Laura teria ouvido conversas de algumas das pessoas que conheciam sua história. No entanto, Alana tinha razão.

– Olhe, meu avô anda muito por essa região. Ele conhece cada canto, cada pessoa que mora aqui e passa por estas bandas. Ele disse que vai tentar descobrir alguma coisa. Quem sabe exista uma testemunha.

– Meus irmãos.... e Mariposa. – Yael voltou a se sentar.

– Mariposa? A mulher que viajava com Abadon, não é? Você me contou. Onde será que ela se meteu?

– Não faço ideia. Se eu conseguisse descobrir, saberia mais sobre o paradeiro dos meus irmãos.

– Você pode me descrever a Mariposa? Vou tentar fazer um desenho. – Alana correu até tia Amelie, que estava na cozinha, e logo voltou com uma folha de papel e um lápis. Sentando-se no chão, ela colocou o papel na mesa de centro. – Vai me falando.

– Não sabia que você desenhava. – Yael sentou-se no chão ao lado dela.

– Minha avó é pintora. Eu faço meus rabiscos. Vamos lá.

Por mais difícil que fosse para Yael reviver o passado, ela sabia que precisava ser bem detalhada. O desenho poderia levá--los não só a uma testemunha do crime, mas também aos irmãos. Puxando da memória todos os detalhes de que se lembrava, Yael foi descrevendo Mariposa.

– A maquiagem não importa, porque, se ela fugiu de Abadon, não vai querer ser identificada como mulher da vida – Alana disse.

– Mulher da vida?

– Não é assim que falam?

Yael deu de ombros. Mariposa tinha tentado ajudar Nathan e Sara. O que ela fazia para ganhar a vida não era da sua conta.

O desenho final ficou bom. Yael pediu a Alana que modificasse alguns traços. Ela não se lembrava bem da cor dos olhos de Mariposa, mas no desenho de linhas pretas isso não importava.

– E então? – Alana levantou a folha no ar.

– Acho que é isso. Já faz alguns meses. Tento não me lembrar disso, então alguns detalhes vão fugindo.

Alana se despediu da amiga, prometendo dar o desenho para vô Raini. As horas passaram, e nem sinal de Calebe. Yael almoçou na cozinha com a tia e, para passar o tempo, foi fazer uma visita a Violeta.

Na casa modesta, as duas tomaram chá, e Yael pôde contar toda sua história para a esposa do pastor. Cada vez que ela repetia os detalhes dos acontecimentos, um peso grande saía do seu coração. Não gostava de segredos. Não que ela fosse anunciar sua situação a todos, ainda mais com Laura salivando por uma fofoca, mas era bom ter alguém que carregasse essa carga com ela. Violeta contou sua própria história, dos abusos físicos sofridos nas mãos do pai. Yael ouviu atentamente, pensando que cada um tinha suas histórias e seus fantasmas.

Voltando para a casa da tia, Yael esperou Calebe, sentada na varanda da casa. A cada meia hora que passava, ela ficava mais impaciente. E se Calebe voltasse com uma notícia ruim de que a polícia iria prendê-la? Ele dissera que ela não se preocupasse, pois daria um jeito. O que, porém, ele poderia fazer? Yael soltou um som irritado. Tudo estava começando a melhorar e agora isso. Descobrir o amor de Calebe tinha sido algo extraordinário. Começava a se sentir mulher novamente, com uma identidade. Era como se sua dignidade fosse voltando aos poucos, com todas as demonstrações de amor e respeito do marido. A cama que ele fizera para os dois os esperava em casa. Yael não queria passar a noite com os tios. Queria estar nos braços de Calebe. Queria seu calor, seu amor de homem.

Uma poeira densa surgiu ao longe. Nuvens escuras no céu indicavam que logo o chão estaria todo enlameado. Yael se levantou da cadeira de balanço com um pulo e esticou o pescoço.

Saiu correndo pelo jardim em direção à rua, a saia balançando ao vento. Calebe chegou a galope, saltou de Misty e abraçou Yael.

– Então, então, me fale! – ela pediu, enquanto se soltava do abraço dele.

Ele puxou Misty pela rédea.

– É uma longa história, mas consegui falar com os superiores do xerife Lee. Eles disseram que vão retomar as investigações. Por enquanto, não vão importunar você, a não ser para pegar mais informações.

Yael suspirou aliviada. Contou a Calebe sobre o desenho que Alana tinha feito, e disse que vô Raini iria procurar pistas.

– Ele conhece todo mundo por aqui.

Calebe levou Misty para a frente da carroça e a atrelou ali.

– Eu sei. Conhece mesmo. Vamos nos despedir dos tios. Preciso ir para casa. Gabriel disse que cuidaria do sítio, mas ainda preciso fazer algumas coisas antes do anoitecer.

Yael entrou na casa com ele. Estava ansiosa para chegar em casa.

Sua casa.

Capítulo 29

A mulher de roupa rasgada limpou os dois peixes na pedra na margem do riacho e os colocou num cesto. Pelo cheiro no ar, a fogueira já estava acesa. Logo ela e seus acompanhantes comeriam a carne tenra e saborosa. Era a primeira vez na semana que conseguiam algum tipo de carne. Seus acompanhantes não costumavam reclamar, mas, quando a fome batia, era difícil distraí-los.

O sol logo se poria, e eles teriam que passar mais uma noite deitados em um único colchão empelotado no chão do casebre. A mulher sabia que teria problemas se voltasse à civilização. Ela poderia perder a própria vida. O que seria de seus acompanhantes caso ela desaparecesse? Eles seriam as próximas presas. A mulher conhecia o submundo daquela região. Viveu nele. Foi conivente com muita coisa ruim. Não por desejar o mal das pessoas, mas porque era constantemente ameaçada. Quem entrava num mundo daquele não saía. Não com vida.

A mulher não iria abandonar seus acompanhantes. Tinha feito uma promessa a si mesma de que cuidaria deles. Ela sabia, por experiência própria, o que acontecia a pessoas inocentes sozinhas naquela região. As estradas eram perigosas. Muitos perdiam a vida. Outros perdiam a dignidade, como ela.

A refeição de peixe e framboesas não encheu a barriga da mulher e dos acompanhantes, mas matou um pouco da fome. Ela tinha guardado três batatas cozidas para o café da manhã. O que ela não daria por um chá ou um café forte! Teria que esperar.

Descendo por trás da copa das árvores, o sol foi levando seu calor, deixando a mulher e os acompanhantes com frio. As nuvens escuras iam-se concentrando. Logo cairia uma chuva forte. Essas horas eram as mais difíceis, pois a casa tinha goteiras. Quando as primeiras gotas começaram a cair, todos correram para dentro da casa.

Seria mais uma noite difícil.

Capítulo 30

As gotas de chuva batiam com força no vidro da janela do quarto escuro. Yael se aconchegou ao lado de Calebe, seu corpo moldando-se ao dele. Ele enlaçou a cintura da esposa e descansou o rosto na nuca macia dela. Logo ele dormia tranquilamente. Yael, no entanto, foi assombrada pelos rostos de Sara e Nathan. Onde estariam com essa chuva? O pior medo de Yael, além da possibilidade de estarem mortos, era que eles pudessem estar em mãos cruéis como as de Abadon. Eles eram crianças ainda, apesar de Nathan saber montar armadilhas, pescar e atirar. Sara era incomparável montada num cavalo e era veloz com os pés também. Ninguém corria mais rápido do que ela.

Yael puxou a coberta macia até o queixo. Estava com frio, apesar do calor que emanava do corpo de Calebe. Suas pálpebras foram pesando, embora a cabeça trouxesse *flashes* de memória da família sem uma cronologia específica. Sua mãe amassando pão, seu pai debruçado em cima da mesa, fazendo contas, a expressão preocupada. Sara rodando no quintal, usando um vestido novo florido, espalhando pétalas de margarida no ar. Era uma menina com sonhos, muitos sonhos. Nathan, de rosto corado, trazia um coelho morto, segurando-o pelas orelhas, orgulhoso de que sua armadilha nova tivesse funcionado.

O braço de Calebe pesou no quadril de Yael, e ela mudou de posição, tomando cuidado para que ele não retirasse o braço. Era reconfortante sentir a força dele. Nunca teve ninguém que a defendesse como o marido. Seu pai sempre fora ausente, preocupado com as contas e (depois a família ficou sabendo) com as dívidas de jogo. Sua mãe carregava sozinha boa parte das responsabilidades da casa. Yael cuidava dos irmãos. Era como uma segunda mãe. Com Calebe, Yael se sentia cuidada. Ele assumira o papel de protetor, mas sem uma atitude de posse. Yael se sentia perfeitamente livre no amor que ele lhe dava, como era de se esperar do amor incondicional, que ela começava a conhecer.

A chuva foi cessando. As gotas, mais espaçadas, que deveriam servir de calmante, lembravam Yael de que seus irmãos poderiam estar com frio em algum lugar perto ou longe. A convicção que Calebe tinha de que os encontraria começou a fazer morada no coração da moça. Era difícil explicar, mas ela sentia uma conexão com eles. Poderia ser sua mente buscando consolo, mas, naquele exato momento, era como se Yael ouvisse a voz deles, sussurrando alguma coisa que ela não entendia.

Com um suspiro, Yael virou o rosto para Calebe. O hálito quente dele lhe trouxe conforto. Na cama nova, leito do mais puro amor, ela aproximou o rosto do dele e deixou um beijo leve nos lábios daquele homem que tinha transformado sua vida. Que tinha lhe trazido uma dignidade que nunca conhecera.

O amor da sua vida.

* * *

Suada, Yael afofou a terra em volta do canteiro de cenouras. O sol queimava sua nuca já vermelha com a intensidade do calor. Sua saia de trabalho estava levantada do lado, presa com um prendedor de roupas. Yael desejou ter a liberdade de Alana, que usava um tipo de calça comprida que não lhe tirava a feminilidade, mas lhe permitia movimentos amplos. Talvez pedisse que ela a ajudasse a costurar uma. Laura seria a primeira a criticá-la, mas, mesmo que Yael usasse trajes reais, a moça arrumaria uma forma de humilhá-la.

Ajeitando uma mecha de cabelo que caíra do coque, a moça se levantou ao ouvir seu nome.

– Bom dia! – Alana trazia um largo sorriso no rosto de pele amorenada e sem qualquer imperfeição. As tranças grossas balançavam na frente do corpo.

Yael correu o braço pela testa, deixando uma longa marca de terra preta.

– Alana, chegou em boa hora.

As amigas se abraçaram.

– Precisa de ajuda com a horta?

Yael enganchou o braço no de Alana e, juntas, as duas caminharam em direção à entrada da casa. Calebe, que estava consertando a cerca do pasto dos cavalos, acenou para as duas mulheres.

– Na verdade, quero que me ajude a fazer uma calça como a sua – Yael falou, enquanto lavava a mão no balde na entrada da casa.

Alana parou de repente e riu.

– Quer causar escândalo na cidade?

Abrindo a porta da casa, Yael fez um gesto para a amiga entrar.

– Já causei escândalo pior. – Seu tom era bem-humorado. – Se Calebe não se importar, não me preocupo com o que vão falar.

– Então, me mostre os tecidos que tem. – Alana aceitou o copo d'água que a amiga lhe entregou.

– Sério? Vai me ajudar? – Ela bateu palmas.

– Não só isso; vou pedir à vó Nita que faça umas franjas e bordados para você. Qual é seu animal preferido?

Yael levou o dedo indicador ao queixo e franziu a testa. Olhou para o bordado de búfalo na perna da calça da amiga.

– Não sei... são tantos. Acho que lobo. Isso: lobo!

As duas tiraram vários tecidos do grande baú na sala, confabularam sobre as possibilidades e escolheram um tecido marrom bem resistente. Sem conter sua animação, Yael tirou uns livros e a correspondência de cima da mesa, esticou o tecido e correu para buscar sua caixa de costura. Em meia hora, a calça estava cortada e alinhavada. Naquele momento, Calebe entrou com Gabriel. Os dois homens olharam para a peça de roupa esticada na mesa.

– O que estão aprontando? – Calebe perguntou, enquanto enchia seu cantil de água. Gabriel, parado na porta, olhava para Alana.

Yael aproximou-se do marido com um grande sorriso.

– Alana está me ajudando a fazer para mim uma calça como a dela. Quero saber se você se importaria se eu a usasse.

Calebe soltou uma risada alta.

– Mulher, quer escandalizar a cidade?

Yael deu de ombros.

– Você se importa? – Ela arregalou os olhos.

– Eu? De forma alguma. Acho que vai cair muito bem em você. – Ele ficou mais sério. – Não é do meu feitio dar opinião sobre seu guarda-roupa. Se você se sente bem, vá em frente. Sei que tem bom senso.

Yael se pendurou no pescoço do marido, não se importando com os olhares de Alana e Gabriel.

– Não é surpresa para mim sua resposta. – Ela beijou o rosto suado dele e voltou à sua costura. – Levo o almoço de vocês em meia hora. – Yael olhou por cima do ombro para os dois homens, que carregavam para fora a cama que servia de sofá.

– Não se apresse – disse Calebe. – Vamos tentar colocar um encosto nesse sofá.

Alana e Gabriel trocaram um último olhar antes que os dois homens saíssem da casa.

Yael pegou a tesoura e deu um cutucão com o cotovelo na amiga.

– Sinto romance no ar?
Alana deu uma risadinha.
– Deu para perceber?
Yael cortou a linha da agulha com os dentes.
– Vocês dois não são nada discretos. Quero saber dessa história.
Alana esticou uma ruga imaginária da calça na mesa.
– Não temos história para contar. Apenas acho o Gabriel interessante, bonito... Sei que ele perdeu a esposa há pouco tempo. Não quero apressar nada.
– Ele parece bem interessado em você.
– Você acha? – Alana enfiou linha na agulha.
– Tenho certeza.
– Não sei o que fazer.
Yael deixou a tesoura na mesa.
– Observe as atitudes dele. Veja como ele trata as pessoas. Pelo que sei, é muito trabalhador, mas é bem quieto. Não sei nada dele, a não ser da morte da esposa.
Alana balançou a cabeça, concordando.
– E se ele me achar muito diferente?
– Se ele olha para você do jeito que olha, gosta do que é diferente. – Yael passou a mão na trança da amiga. – E não se atreva a ser de outro jeito.
Alana jogou a cabeça para trás com uma risada, as tranças grossas escorregando pelos ombros.
– Seria um desgosto para meus avós.
– E para mim – Yael prontamente completou.
As duas amigas trabalharam em silêncio. Yael desejava que Alana encontrasse o amor verdadeiro, assim como ela encontrou.
Meia hora depois, as duas levavam o almoço dos homens, que trabalhavam no campo. Yael notou uma certa timidez na amiga quando Gabriel a olhou de rabo de olho. Era nítido que o coração da jovem era cutucado pelo flerte. Yael só esperava, de verdade, que Gabriel não ferisse a alma de Alana.

Capítulo 31

Yael arregalou os olhos e apontou para um arbusto.
– Um lobo!
Calebe virou-se bruscamente e pegou a espingarda que estava escorada na cerca. Gabriel virou-se de repente para olhar.
Alana começou a rir.
– Não é um lobo. É a Aurora.
O animal correu até Alana e começou a fazer festa. Desconfiada, Yael deu um passo para trás.
– Aurora é do vô Raini – Calebe informou, deixando a espingarda de lado e olhando ao redor à procura do homem.
Surgindo da mata, vô Raini, usando calça escura e uma bata com estampas nativas, acenou para Calebe. A fina trança grisalha do homem pendia ao lado do seu corpo.
Aurora voltou até o dono e se colocou em posição de proteção, com as orelhas pontudas perfeitamente eretas. Seu pelo farto era branco e cinza, como o dos lobos da região. Os dentes caninos intimidariam qualquer animal ou humano. Yael achou incrível que um dos olhos do animal fosse azul e o outro, caramelo.
– Que animal magnífico! – disse ela para vô Raini.
O homem cumprimentou a todos.

— Aurora é um híbrido de cão e lobo. Aqui chamamos de cachorro-lobo. Ela tem características de cão e de lobo, como liderar e ser liderado.

Alana afagou o pelo farto do bicho, enquanto Gabriel olhava, curioso.

— Vô Raini é o alfa de Aurora. Ela obedece a qualquer comando dele e o protege com sua própria vida.

Maravilhada, Yael perguntou a vô Raini se poderia afagar o animal.

— Sim, mas só quando eu estiver por perto — ele respondeu.

Hesitante, Yael esticou a mão. Encostou os dedos no pelo do pescoço de Aurora. Tomando coragem, correu os dedos pelas costas do animal, que a cheirava da cintura aos pés.

— Ela está fazendo reconhecimento de quem você é — Alana explicou.

Depois, Aurora fez o reconhecimento de Gabriel, que parecia nervoso com a inspeção.

—A que devo a ilustre visita? — Calebe perguntou.

Gabriel pediu licença e voltou para o trabalho no campo.

Vô Raini tirou um papel dobrado do bolso da calça e o abriu.

— Aqui está o desenho que Alana fez da mulher, Mariposa. Tenho andado bastante por aí com Aurora, em busca de pistas.

O coração de Yael bateu forte.

— Tenho a esperança de que ela seja encontrada. Com certeza vai saber do paradeiro dos meus irmãos.

— Estamos empenhados na busca. Eu e Aurora — disse vô Raini.

Os olhos de Yael encheram-se de lágrimas. Ela olhou do sábio homem para a cachorra. Inclinando o corpo, Yael passou a mão na cabeça de Aurora e disse:

— Por favor, encontre meus irmãos.

Em resposta, Aurora deu um longo uivo.

– Vamos encontrar – disse vô Raini, com confiança. Em seguida, despediu-se do grupo e seguiu para dentro da mata.

Calebe beijou a testa da esposa e voltou para o trabalho. Alana pegou a cesta que foi usada para trazerem comida para os homens e que estava pendurada na cerca. Passou o braço pelo ombro de Yael.

– Vamos terminar sua calça.

Yael deixou-se levar pela amiga.

Ela sonhava com o dia em que reencontraria Nathan e Sara. Sua felicidade estaria completa.

Capítulo 32

A mulher molhou novamente o pedaço de pano que tinha rasgado da anágua e passou na testa do menino. Ele tossiu várias vezes, o peito cheio de muco. A febre começou a subir no meio da noite. Estirado no colchão no chão, o menino pediu água. A mulher levou a lata amassada com água à boca dele, que a bebeu com sofreguidão.

Não era mais possível ficar ali. Ela tinha que encontrar outro lugar. Voltar para Harmony ou Belleville seria levantar suspeita e terminar seus dias atrás das grades ou morta. Ela não tinha quem a defendesse. Nunca tivera. Passara de mão em mão. Sofrera abusos variados. No entanto, seu compromisso de cuidar dos seus acompanhantes permanecia.

A mulher abriu a porta empenada do casebre e olhou para fora. Para um lado, depois para o outro. Começou a se preocupar. Já era hora de avistar a pessoa que ela esperava com ansiedade. Talvez não tivesse sido uma boa ideia mandá-la tão longe. Mas o que poderia fazer? Ela precisava cuidar do paciente.

A mulher entrou de volta na casa escura, apesar do sol lá fora. Remexeu na prateleira improvisada à procura do último pedaço de carne-seca. Ratos. Eles levavam o pouco que ela conseguira.

O menino tinha perdido peso. Não era para menos. A preocupação maior da mulher era com a febre dele. Ela deu mais água para o paciente. Ele não ficaria desidratado.

A Promessa

A mulher não acreditava em Deus. Pelo menos, ela não acreditava nas pessoas que acreditavam em Deus. Tinha sido enxotada das igrejas deles quando mais precisou. No entanto, apelava para o Deus que não conhecia, para que ele os tirasse daquela situação. Só mesmo um milagre para que aquilo acontecesse. Sua oração não era grande coisa, apenas um patético grito de socorro no coração.

Um barulho lá fora chamou a atenção da mulher. Sorrateiramente, ela aproximou-se da janela com o vidro quebrado e espiou. Não viu nada; nem homem, nem fera. Talvez atrás da casa. Mas ela não tinha como verificar sem chamar a atenção.

O menino tossiu, e ela correu até ele, tentando acalmá-lo. A tosse poderia entregar o esconderijo perfeito.

* * *

O dono da mercearia olhou com desconfiança para a jovem de vestido rasgado e cabelo embaraçado. Ela parecia uma criança. O vestido sujo era frouxo demais e os sapatos, furados e imundos. Era comum ver adultos nesse estado, mas não uma garota sozinha. Ou talvez ela fosse uma mulher malnutrida. O homem não conseguia ver seu rosto, porque ela mantinha a cabeça abaixada.

A jovem pegou algumas batatas e um pedaço de carne-seca. Exatamente como a mulher tinha vindo, na semana anterior. Talvez o homem devesse chamar o xerife. Naquele momento, uma mãe com várias crianças agarradas em sua saia entrou na loja. O homem foi atendê-la, tentando não tirar a atenção da garota suja. Um dos filhos da freguesa começou a chorar quando levou um beliscão do irmão mais velho. A mãe o acudiu e acabou esbarrando numa pilha de baldes de lata, que caíram ao chão ruidosamente. O dono da mercearia correu para arrumar os baldes e perdeu a jovem de vista. Ele correu até a porta. Seria ela uma ladra? Olhando em cima do balcão, avistou algumas moedas.

Capítulo 33

— Calebe, Calebe — Yael sussurrou no ouvido do marido, que dormia, e o sacudiu de leve pelo braço.

Acordando de repente, ele se sentou na cama, no quarto escuro.

— O que foi?

— Tive um pesadelo. Vi o corpo de Nathan na beira de um rio. — A voz dela estava entrecortada.

Calebe passou a mão no rosto sonolento e abraçou a esposa.

— Foi só um sonho.

— Mas foi muito real.

Ele suspirou. Era muito frustrante quando ia à agência postal e voltava sem notícias de Nathan e Sara.

— Vou amanhã cedo a Harmony.

— O xerife não quer ajudar. Ele quer me prender.

Calebe esfregou o rosto.

— Eu disse que vou proteger você, custe o que custar. De qualquer forma, eles não têm base para essa acusação, apenas a fofoca de alguém.

Yael olhou para os olhos brilhantes do marido no escuro.

— Alana acha que foi Laura.

— Não duvido.

Calebe recostou-se na cama e puxou a cabeça de Yael para seu peito. Eles tinham que resolver aquela situação. Não poderiam viver sempre na incerteza. Era um grande peso que impedia a felicidade completa da esposa. Se ela estava mal, ele ficava mal. Era simples assim.

– Acho que vou a Belleville novamente. O xerife de lá tem mais influência e mais recursos – disse Calebe, passando a mão pelo cabelo.

– Posso ir com você? – ela sussurrou.

– Posso pedir a Gabriel para cuidar do sítio. Vamos sair o mais cedo possível.

Yael soltou um suspiro. Seria bom ir atrás de pistas.

* * *

A carroça entrou em Belleville, juntando-se ao tráfego movimentado da rua principal. As passarelas de madeira em frente aos estabelecimentos comerciais estavam cheias de gente, homens e mulheres indo e vindo, carregando mercadoria, conversando e correndo para suas obrigações.

Yael olhava de um lado para o outro, ansiosa por encontrar alguma coisa que pudesse indicar a presença dos irmãos. Ela sabia que não os veria, mas preferia pensar que teria uma pista, por mais insignificante que parecesse.

Calebe guiou Misty até a delegacia. Yael sentiu o nó no estômago apertar. E se o xerife estivesse de mau humor e decidisse prendê-la? Ela ainda não tinha sido totalmente isenta de suspeita. Pelo menos, não enquanto dependesse do xerife Lee, de Harmony. No entanto, o risco valia a pena, por causa dos irmãos. Segundo Calebe, a polícia de Belleville não tinha interesse em prendê-la, mas ela tinha aprendido que a vida fazia algumas curvas inesperadas.

Calebe ajudou Yael a descer da carroça. Os dois entraram na delegacia, cruzando com um homem que saía, falando um palavrão.

Yael segurou no braço de Calebe ao olhar para o xerife, um homem com um bigode cheio e elaborado, com as pontas longas. Suas sobrancelhas pareciam duas aranhas cabeludas esmagadas na testa alta. Quando ele cumprimentou Calebe, Yael tremeu. A voz parecia um trombone.

– Xerife William, que surpresa! – Calebe se apressou em apertar a mão gigante do homem.

– Menino Calebe. Há quanto tempo! – O homem saiu de trás da escrivaninha e deu um abraço de esmagar em Calebe.

Yael deu um passo para trás, confusa. Calebe a apresentou ao homem e explicou:

– Xerife William trabalhava com meu pai. Ele foi mandado para o leste, em uma missão. Não sabia que ele tinha voltado para Belleville.

– Na verdade, cheguei alguns dias atrás. Soube que você veio aqui. Ia entrar em contato, mas encontrei uma bagunça nos arquivos. – O xerife estendeu a mão para Yael.

Yael relaxou e viu sua mão engolida pela do homem.

– Prazer!

– Menino Calebe, parabéns pelo casamento. Fiquei sabendo por seu tio. Que esposa graciosa! – disse o xerife, e Yael achou peculiar um homem tão grande usar uma palavra tão delicada. – Bem, acho que você deixou de ser menino. – O homem deu uma nova risada de trombone. – Sem dúvida, é um homem.

Yael sentiu todo seu rosto queimar de vergonha. Calebe riu com o xerife, perfeitamente à vontade na presença dele.

– O que os traz aqui? Dei uma olhada nos arquivos e vi incoerências envolvendo o nome de sua esposa. Esperava, mesmo, que vocês aparecessem.

Calebe e Yael sentaram-se nas cadeiras em frente ao xerife. Calebe explicou todo o caso da esposa, e xerife William fez anotações.

– O que está escrito aqui no registro é bem diferente do que você me contou. Fico com sua versão – disse o homem de bigodão.

– Quando vim aqui, fui informado de que Yael não precisava se preocupar – Calebe falou.

Xerife William folheou alguns papéis numa pasta de papelão.

– Pelas informações, Yael ainda poderia correr o risco de parar na cadeia.

Yael soltou um soluço, horrorizada.

– O que estão falando é mentira.

– Vamos cuidar disso – o xerife falou.

O casal saiu da delegacia mais confiante. Xerife William enfatizou que investigaria a questão pessoalmente.

– Foi bom termos vindo aqui – Calebe disse. – É um alívio saber que o melhor amigo do meu pai vai cuidar da investigação.

Yael concordou. Estava mais animada. No meio do caminho para o sítio, ela pediu para Calebe parar na mercearia de Harmony. Precisava comprar mais café e outros itens.

Na loja, Yael examinou as prateleiras. Pegou tudo o que precisava, e Calebe pagou a conta. Antes de sair, o olhar da jovem recaiu sobre o vidro cheio de pirulitos. Nathan e Sara adoravam aqueles doces. Ela pediu ao dono da mercearia um pacotinho bem cheio. Não via a hora de entregá-los aos irmãos.

Capítulo 34

Yael girou nas pontas dos pés e parou no meio da sala. Calebe, sentado no sofá que ele tinha reformado e agora tinha um encosto de madeira, bateu palmas. Orgulhosa, ela passou as mãos na nova calça bordada por vó Nita. O perfil de um lobo tinha sido aplicado no lado da perna direita da calça. As franjas de couro caíam da cintura por cima dos quadris e terminavam com contas coloridas.

— Você está linda! — Calebe disse.

Yael jogou-se no colo dele e apertou seu rosto com a barba por fazer.

— Acho que você me mima muito.

— E por que não deveria? — Ele beijou a ponta do nariz dela.

— Porque vou ficar mal-acostumada e achar que tudo o que faço é certo.

— Já disse que confio no seu bom senso. Além do mais, se você está feliz, isso me deixa contente.

Yael segurou firme o rosto dele.

— Tenho medo de que isso acabe.

— Isso o quê? — Ele franziu a testa.

— Nossa felicidade juntos.

Calebe balançou a cabeça.

— Duas certezas que tenho na vida: o que é ruim passa; o que é bom não dura para sempre. Não quero dizer que a felicidade do nosso amor acabará. Ela vai crescer e amadurecer. Mas vamos ter altos e baixos, momentos alegres e tristes, e isso vai nos fortalecer. Assim como já choramos juntos, vamos rir juntos. Não podemos garantir o que virá pela frente. Se continuarmos juntos na mesma direção, tudo ficará bem.

Yael encostou os lábios nos de Calebe. Seu peito pulsava de amor por aquele homem. A menina que tinha sido largada na beira da estrada como um pedaço de carne voltou a nascer, a partir do momento que confiou em Calebe e recebeu seu amor.

Ele estava certo: não podiam se enganar, achando que tudo seria um mar de rosas. Teriam que enfrentar muitas tempestades, como a que estava se formando sem que o casal tivesse conhecimento.

* * *

> SE QUISER VER SEUS IRMÃOS VIVOS, VENHA À MINA DESATIVADA A LESTE DE HARMONY, DEPOIS DA PONTE QUEBRADA. HOJE ÀS 3 DA TARDE.
> NÃO FALE COM NINGUÉM, SENÃO NUNCA MAIS VERÁ SARA E NATHAN.

Yael releu o bilhete, entregue por um menino que sumiu tão de repente quanto apareceu. As letras grandes pulavam do papel. Outra folha, com o esboço de um mapa, trazia um "x" no local da mina. Calebe e Gabriel tinham saído para comprar gado em outra fazenda, deixando Yael em meio aos cuidados com a horta. Ao reler o bilhete pela quarta vez, Yael tentava controlar o tremor das mãos. O bilhete gritava com ela. Calebe e Gabriel não voltariam até o fim do dia. Ela precisava agir rápido.

Afobada, Yael entrou em casa e verificou as horas no relógio de bolso que Calebe deixava guardado em sua gaveta de roupas. Ela teria exatamente uma hora para chegar ao lugar marcado, segundo o desenho deixado pelo remetente anônimo. O único cavalo disponível no sítio era arredio, e Calebe não a deixava montá-lo. Yael largou o relógio em cima da cômoda e correu para a cozinha. Enchendo um cantil com água, ela o enfiou no bolso da calça e saiu apressada. Conforme seguia na estrada, seu coração acelerava. Uma carroça se aproximou, e um homem perguntou se ela queria carona. Yael correu para dentro da mata, apavorada. Preferiu tomar a picada ao longo do rio. O sol quente queimava sua pele. *Nathan, Sara, estou indo,* ela gritava em seu coração. Quanto mais andava, mais parecia que ela nunca chegaria a Harmony. Caminhando apressada, ela bebeu toda a água do cantil e o encheu novamente no rio. Seu único motivo de alívio era que Abadon estava morto e não a ameaçaria.

A loja do ferreiro foi a primeira que apareceu no campo de visão de Yael, quando ela voltou à estrada. Algumas carroças chegavam à vila e outras saíam, levantando poeira. Ninguém dava atenção à moça de calça com franjas caminhando ao longo da estrada.

Yael tomou um caminho por entre as árvores, à procura da ponte quebrada. Tirou o mapa do bolso e seguiu as instruções. O suor descia pelo seu pescoço, molhando a camisa escura. A ponte finalmente surgiu, e moça a atravessou com cuidado. As ripas estavam podres, e o corrimão, quebrado.

Logo a entrada da mina desativada surgiu entre a folhagem. Yael aproximou-se e esperou. Sentia-se vulnerável, mas correria qualquer risco pelos irmãos. Um barulho chamou sua atenção para dentro da mina. A estrutura de madeira que escorava o buraco negro estava rachada em vários lugares. Yael entrou, tomando cuidado para não bater a cabeça. O cheiro de carvão a fez tossir. Ela começou a tatear, à medida que adentrava a mina.

– Sara, Nathan – ela chamou baixinho. Onde estaria o remetente da carta, e o que ele queria falar com ela? Talvez pedisse um resgate em dinheiro. Yael não tinha uma moeda sequer. Sua agitação aumentou.

Ela tropeçou na mina escura e se agarrou a uma estrutura de madeira, que cedeu com o peso do corpo. O barulho de madeira quebrando foi seguido de terra caindo em sua cabeça. Mais terra. Yael tossiu, bateu a mão na cabeça e limpou os olhos. Outro som de madeira quebrando. O pânico correu sob a sua pele como cobras rastejantes. Ela tampou os ouvidos e correu na direção da luz, que imediatamente se apagou. Yael estava presa na mina. Seu coração batia como um tambor. Sem referência de direção, ela tateou a mina de carvão. E se tudo desmoronasse?

– Socorro! – ela gritou, usando toda a potência de seus pulmões. O silêncio era ensurdecedor. – Socorro!

Foi quando sua garganta começou a secar de tanto gritar que Yael se deu conta de que aquilo não passava de uma armadilha.

– Deus, me ajude! – Foram suas palavras, antes de cair de joelhos, chorando.

Capítulo 35

Calebe correu em volta de casa e gritou para que Gabriel buscasse o pastor e tio Joaquim. O homem saiu a galope pelo portão do sítio.

– Yael! – Calebe gritava, enquanto corria pelo terreno do sítio Hebron. – Yael! – Seu peito estava a ponto de explodir.

A esposa dissera que ficaria em casa. Ela não faria nada sem avisá-lo primeiro, sem deixar um bilhete. O relógio de Calebe estava em cima da cômoda, e não na gaveta. Yael não olhava as horas. Seguia sua rotina de forma disciplinada. Por que teria tirado o relógio da gaveta? Várias coisas não batiam. A essa hora, ela já teria começado o jantar. Calebe não via qualquer sinal de refeição em andamento. Não. Sua Yael não sairia de casa sem deixar um recado.

Angustiado, Calebe pegou Misty e saiu a galope nas imediações do sítio. Um uivo deixou a égua arredia, e seu dono a controlou na rédea. Segundos depois, Aurora surgiu da mata, seguida por vô Raini. Calebe saltou de Misty e correu até o homem. Sem fôlego, explicou o que tinha acontecido.

– Pegue uma roupa de Yael e traga para mim – vô Raini disse, com urgência.

Calebe montou em Misty e galopou na direção da casa, deixando uma nuvem de poeira por onde passava. O homem e sua cachorra foram atrás. Logo Calebe voltou com o xale preferido de Yael. Vô Raini pegou-o levou-o ao focinho de Aurora.

– Aurora, ache. – Ao comando, a cachorra soltou um uivo. – Calebe, sele um cavalo para mim e venha comigo.

Calebe obedeceu prontamente. Juntos, os dois homens tomaram a estrada na direção de Harmony. Cruzaram com Gabriel e tio Joaquim, que receberam a instrução de continuarem as buscas ao redor do sítio.

Aurora ia na frente dos cavalos. A cada minuto, o coração de Calebe apertava mais. Sua mulher, sua amada, onde estaria? Por que motivo saíra apressada? Minutos depois, após uma curva, Aurora entrou no meio da mata.

– Aonde ela está indo? – Calebe virou-se para vô Raini, apreensivo.

Vô Raini puxou a rédea do cavalo e seguiu a cadela-lobo, virando-se para Calebe.

– Deve ter sentido o rastro.

Aurora chegou à margem do rio, deu várias voltas, enquanto cheirava a mata. Suas orelhas eretas e pontudas giravam, tentando captar algum som. Depois de um breve latido, ela seguiu pela margem do rio; os dois homens estavam a cavalo, bem atrás. Próximo à entrada da vila, Aurora voltou para a estrada. A cada parada, Calebe sentia o medo aumentar. Quanto mais tempo passasse, mais difícil a busca poderia ficar. E se Yael tivesse ido em outra direção? E se estivesse caída perto de casa?

* * *

O coração de Yael batia numa velocidade alucinante. Tateando o chão de terra úmida da mina, em total escuridão, ela se sentou, tirou o cantil do bolso e bebeu dois goles de água. Era a única água que tinha. Precisava economizá-la. Como sairia dali? Ninguém a tinha visto entrar. Ninguém sabia para onde ela tinha ido.

Com a mão no peito, que subia e descia com a respiração profunda, ela tentou fazer um plano. Sem comida, ela precisaria conservar energia. A primeira coisa a fazer seria controlar a respiração. Não valeria a pena gritar. Só lhe tiraria as forças. *Quanto ar tem na mina?* Yael começou a contar de zero a dez, depois em ordem decrescente. A concentração em uma tarefa simples tiraria o foco do pânico.

– ... cinco, quatro, três, dois, um, zero. Zero, um, dois...

O que Calebe estaria pensando? Eles nunca iam longe sem avisar um ao outro. Deitando a cabeça nos joelhos dobrados, Yael continuou a contar. Passou a mão pelas franjas de couro da calça e começou a contar as bolinhas em cada ponta. Nathan e Sara estavam presos em algum lugar todo esse tempo? Yael tentou se consolar de que sua situação era melhor do que a dos irmãos. Pelo menos, ela teria pessoas à sua procura com condição de encontrar pistas frescas.

Enquanto contava as bolinhas nas franjas da calça, Yael apurou a audição. Sem a visão, a audição era o sentido mais importante naquele momento. A mina não era tão longe de Harmony. Talvez alguém passasse. Alguém que trabalhasse por ali e notasse o desabamento da mina. Enfiando a mão no bolso da calça, Yael tirou o bilhete e o amassou. O barulho ecoou pela mina. Quem teria preparado aquela armadilha para ela? O pânico explodiu em seu peito. Espalhou-se pelo corpo. O sequestrador certamente precisava acabar com a vida de Yael para que as buscas por Sara e Nathan cessassem.

Apavorada com o rumo que seus pensamentos estavam tomando, Yael cruzou os dedos em oração e pediu a Deus que lhe desse um livramento. Mais do que nunca, ela precisava achar seus irmãos. Vivos ou mortos.

Capítulo 36

A mulher de vestido rasgado estava em pânico. A febre do menino parecia ter aumentado. Ele suava e delirava, falando coisas sem sentido. Ela passou o pano molhado na nuca, nas axilas e em todo o rosto do menino. No canto do casebre, uma mocinha chorava baixinho.

Angustiada, a mulher pensava no que fazer. Não dava mais para se responsabilizar pelas crianças. Seu grande medo era que, se saíssem do esconderijo, o homem pudesse achá-los. Ele os tinha ameaçado de morte. Foi o que ele gritou, com a cabeça sangrando, na beira da estrada, antes de perder os sentidos. Ele era poderoso. Conhecia todas as pessoas de má índole da região. Por experiência própria, a mulher sabia que sua própria cabeça estaria a prêmio. O homem prometeu que o que fizesse à mulher faria às crianças. Por isso ela fugiu desesperada pelo mato, assumindo para si a responsabilidade de cuidar do menino e da menina.

O que fazer naquela situação? O menino precisava de um médico. Estava desnutrido. Os três estavam desnutridos. O dinheiro da mulher, o que ela havia roubado do homem quando ele desfaleceu no mato, estava acabando.

O verão tinha chegado. Ele passava rápido naquela região do oeste. Os três não sobreviveriam no inverno rigoroso.

A mulher tinha que tomar uma decisão difícil. Mesmo que custasse sua liberdade ou sua vida.

Virando-se para a menina, a mulher disse baixinho:

– Ouça. Não podemos mais ficar assim. – A menina parou de chorar e olhou para a mulher. – Eu vou à vila para me entregar.

– Não, não faça isso. Ele vai nos pegar! – A menina foi de joelhos até a mulher. – Não pode deixar nada acontecer ao meu irmão.

– *Shhh*, fale baixo. Se ele continuar aqui sem médico, pode, pode...

As duas ficaram em silêncio. A mulher acudiu o menino, que tossia. Ela bateu em suas costas para que a tosse diminuísse.

– Não podemos passar o resto da vida aqui. Nem sei quanto tempo já passou, mas, a contar pela vegetação, muitas semanas ou meses.

A menina não respondeu. Saiu correndo porta afora. A mulher foi atrás dela e a encontrou na beira do riacho, com a saia suja levantada. A mulher olhou surpresa para as pernas da jovem. Havia sangue.

– Você se machucou?

A menina olhou para a mulher.

– Acho que estou doente. Estou com dor na barriga desde ontem e o sangue... o sangue saiu de dentro de mim.

A mulher correu até a menina e a abraçou.

– Não é doença...

E explicou rapidamente para ela sobre o sangramento. A menina arregalou os olhos. Seu queixo tremia. Talvez ela se lembrasse da irmã, atacada pelo cafetão na beira da estrada. O que teria acontecido a ela? Parecia morta quando a carroça se afastou.

A mulher tomou uma decisão naquele momento. Iria à vila para se entregar. Precisava salvar as crianças.

Capítulo 37

A tontura chegou forte. Yael dobrou o corpo e deu uma tossida forte. O estômago estava embrulhado. Certamente devido ao nervosismo, ela considerou. Respirou fundo. O cheiro de terra molhada a sufocava. O ar parecia mais ralo, incapaz de encher seus pulmões.

Calebe, Calebe, seu coração gritava. Quanto tempo já tinha se passado? Uma hora, duas, mais? A escuridão lhe tirava a noção de tempo e espaço. Era como se ela fosse a única pessoa na face da Terra. O silêncio era enlouquecedor.

A tontura passou, mas deixou uma sensação estranha, como se Yael estivesse em um barquinho à deriva. Bebeu mais dois goles d'água. Queria beber mais. Beber muita água. Talvez fosse aquele seu fim. Vivera um inferno, mas depois experimentou o céu com seu amor. Desanimada, deitou-se no chão úmido e fechou os olhos. Talvez, se dormisse, não sentiria as garras da morte a envolvê-la.

* * *

O sol começava a descer no horizonte. O pânico de Calebe aumentou a ponto de lhe doer a cabeça. Aurora rodava ao lado de uma ponte em estado precário. Desceu para o leito meio seco do riacho. Cheirou, cheirou. Voltou para a ponte.

– Ela deve ter achado alguma coisa. – Vô Raini desmontou do cavalo.

Calebe olhou adiante. A mata começava a ficar escura. Misty estava inquieta. Calebe puxou as rédeas e olhou para o homem idoso de trança fina seguindo a cadela até um arbusto.

– Corra, corra aqui! – Vô Raini gritou e se abaixou.

Calebe desmontou da égua num único pulo e correu para o lado do homem. Ele segurava uma tirinha de couro com uma bolinha azul na ponta.

– É igual às que Nita faz, para aplicar nas roupas.

– Yael estava usando a calça que vó Nita bordou! – Calebe puxou a tira de couro da mão do homem. Montando com grande agilidade, ele puxou as rédeas de Misty. – Yael, Yael, Yaeeeeeeel! – ele gritava pela mata.

Vô Raini montou, fez um barulho com a boca, e Aurora saiu na frente, cheirando freneticamente.

– Yaeeeeeeel...

Os homens, seus cavalos e a cachorra-lobo desapareceram na mata.

Capítulo 38

Se fosse honesta, a mulher diria à menina que não tinha um plano. Considerando sua situação precária, não havia muito o que fazer. Esperaria o sol raiar. O ideal seria levar as crianças, mas o menino ainda estava com febre, e a menina apavorada com o sangramento. A mulher já tinha passado dessa fase. Não sangrava fazia dois anos. O que pôde fazer para ajudar foi arrancar mais um pedaço de sua anágua para a menina absorver o sangue.

O casebre estava quase mergulhado na escuridão. A menina pegou o pedaço de pano e o colocou entre as pernas. Ela se sentou ao lado do irmão. A mulher pegou uma lata amassada com amoras. As duas comeram juntas.

– Amanhã cedo vou à vila. Você fica com seu irmão. Não saia daqui.

– E se você não voltar? – A menina colocou a lata no chão.

A pergunta era inevitável. A mulher não tinha uma resposta adequada.

– Vamos confiar que voltarei com ajuda.

Encostada na parede, a mulher pensou e pensou. Se estivesse em Belleville, o risco seria grande. Naquela vila de Harmony, sua chance poderia ser maior. O homem era influente. Gente má era influente. Ela se lembrou das vezes em que tentou fugir do homem. Passou uma semana desacordada. Em outra ocasião, ela ajudou na fuga de uma das meninas. O homem quebrou seu braço. Ele não se importava, principalmente porque ela já era mais velha e não atraía clientes. No entanto, querendo ou não, ele lhe dera a ingrata responsabilidade de cuidar das meninas. O medo que via no rosto de cada uma delas era o mesmo medo que sentira ao receber o primeiro cliente. Uma mulher sozinha naquelas bandas sempre terminava daquela forma. Ou morta.

Se ela não voltasse e o homem encontrasse a menina – que tinha acabado de virar mulher –, o fim dela seria igual ao seu.

A mulher fechou os olhos. Um uivo de lobo lhe causou um forte arrepio. Ela era supersticiosa. Um lobo uivando era sinal de mau agouro.

Capítulo 39

Yael abraçou os joelhos, tentando controlar o tremor. Seus lábios colavam um no outro. A cabeça girava. Precisava conservar energia. O ar parecia viscoso, difícil de entrar pelas narinas. Seu corpo começava a dar sinais de extremo cansaço. Respirar era trabalhoso.

O silêncio esmagador só não era pior que a escuridão total. Seus ouvidos lhe pregavam peça. Ora ela ouvia barulhos da mata, ora ouvia o som da voz de Calebe. Naquele momento, ouvia uivos. Ou era ela própria que gemia?

O som abafado que irradiou pela mina poderia ser fruto de sua imaginação. Yael esperava que não fosse outro desmoronamento.

Silêncio. Som abafado.

Ela se sentou. Tirou o cantil do bolso da calça e bebeu os últimos goles, sorvendo cada gota. De que adiantaria guardar água?

O que ouvia eram latidos? *Yaeeeeeeel!* Era seu nome que ouvia? Latidos e seu nome. Latidos e seu nome.

– Aqui! Estou aqui! – Sua voz saiu engasgada.

– Yael, meu amor, estou aqui, aqui fora, estou chegando!

Yael rastejava, batendo as mãos no ar, no chão úmido, sem saber para onde ir.

– Calebe! Aqui!

Os latidos aumentaram. Um fraquíssimo rastro de luz entrou na mina. O barulho de pedras no chão se misturava aos berros de Calebe e aos latidos frenéticos do cachorro.

Mais luz. Ela estava salva! Calebe tinha chegado. Mais uma vez, ele a tiraria de sua miséria. Ela cambaleou até o foco de fraca luz, que para ela era como se o próprio sol brilhasse dentro da gruta. Mais uma vez, seu inferno virou um pedaço do céu quando Calebe, aos prantos, a abraçou.

– Yael, Yael, você está aqui. – Ele enfiava o rosto entre os cabelos emaranhados dela.

– Calebe! – Ela sentiu seu corpo flutuar. Estava nos braços dele.

Ele a carregou para fora da mina. Aurora latia ao receber afagos de vô Raini.

– Bom trabalho, garota! – A cadela uivou ao elogio, seu focinho longo apontado para o céu.

O homem passou um cantil para Calebe, que se abaixou e encostou Yael em sua perna. A jovem sorveu a água, que escorria pelos cantos da boca.

– Beba, beba bastante, e vamos para casa. Nossa casa.

Vô Raini ajudou Calebe a acomodar Yael na sela de Misty. O balanço suave da égua e os braços de Calebe em volta de Yael a deixavam sonolenta. Mas ela não queria dormir. Estava viva e de volta à nova vida que tinha começado ao lado de Calebe. Uma vida que ela amava, com a pessoa que amava. Ela olhou para a bela mata ao redor, para o luar que pintava tudo de prateado, para um casebre parcialmente escondido entre as árvores.

Nos braços do marido, Yael deixou-se levar pelo sono. Só despertou ao sentir um grupo de pessoas em volta, movimentando-se freneticamente para cuidar dela. Quando a confusão passou, viu-se aconchegada nos braços de Calebe, entre as cobertas macias.

Capítulo 40

— Como assim não vai trabalhar hoje? Eu estou bem! – Yael sentou-se na cama e trançou o cabelo cheiroso.

Calebe deu um longo suspiro e se espreguiçou na cama.

— Gabriel e tio Joaquim vão cuidar do sítio hoje. Tia Amelie deu ordens para que eu não saísse do seu lado. Ela disse que, como não tivemos uma lua de mel, essa é a hora de tirar uma folga. Vou levar você para um piquenique na beira do riacho, se não estiver muito cansada.

Yael sentou-se de pernas cruzadas no colchão, de frente para Calebe. A camisola branca lhe dava um ar de menina. Após as horas angustiantes na mina, ela foi papariçada de todas as formas na noite anterior, ao chegar com Calebe. Sua tia preparou um banho e, com a ajuda de Alana, as duas removeram toda a sujeira de Yael. A sopa que a tia tinha preparado estava tão deliciosa e nutritiva, que fez a náusea desaparecer e as forças retornarem. No geral, ela se sentia bem, restando apenas uma leve tontura.

Calebe tinha-lhe contado como ele a encontrou. Falou da tira de couro com uma bolinha, da busca frenética de Aurora. Por sua vez, Yael explicou sobre o menino lhe entregando o bilhete com um mapa.

— Quem teria feito isso? – Calebe perguntou. – Alguém relacionado ao tal Abadon?

— Não faço ideia. – Yael deitou-se nos braços de Calebe.

– Vamos descobrir. Vou enviar uma mensagem para o xerife William. O importante agora é que você está bem.

Yael se aconchegou mais ao corpo do marido. Ele olhou para ela com uma interrogação no olhar. Ela sorriu.

– Acho que preciso de mais carinho.

Calebe entendeu o convite. Abriu um sorriso.

O piquenique ficaria para mais tarde.

* * *

– Ela está aí fora. Veio com os pais – disse o pastor Samuel, tirando o chapéu e apertando-o com as mãos.

Yael e Calebe arregalaram os olhos. Eles tinham acabado de voltar de uma longa caminhada na beira do rio e se preparavam para uma noite tranquila em casa. Não esperavam visitas. Muito menos aquela.

Yael olhou para o pastor e colocou a mão no braço do marido, que estava sentado à mesa, ao seu lado. Custava acreditar que a maldade de Laura chegaria a tanto.

– Por que ela fez isso? – Yael perguntou ao pastor.

– Ela disse que foi uma brincadeira e que nunca imaginou que a mina desabaria. Seus pais a repreenderam e tiraram todos os privilégios dela. – O pastor Samuel foi em direção à porta. – Posso deixá-los entrar?

Calebe olhou para Yael. Ela deu de ombros.

Laura entrou, acompanhada pelos pais. Sua roupa estava impecável como sempre. Ela olhou para Calebe, mas evitou cruzar o olhar com Yael. O pastor convidou os três recém-chegados a se sentarem.

O pai de Laura tinha o semblante sério. Seu rosto magro trazia olhos profundos. Sua mãe limpava os cantos dos olhos com um lenço imaculadamente branco. Pastor Samuel tomou a palavra:

– A pedido do sr. e da sra. Miller, viemos aqui para que Laura possa se desculpar. Ela sabe que o que fez foi muito sério, e poderia ter custado a vida de Yael. – Olhando para Laura, o pastor fez um sinal para que ela falasse.

Ainda evitando o olhar de Yael, Laura falou:

– Foi uma brincadeira. Sei que foi perigosa. Peço que me desculpem.

Yael cruzou os dedos em cima da mesa. Olhou para Calebe e depois para Laura e seus pais.

– Passei mais de quatro horas dentro da mina escura. Quando a água acabou, achei que morreria ali. Não me importaria em perder minha vida, se isso pudesse trazer meus irmãos de volta. – Calebe apertou as mãos de Yael. Ela respirou fundo. – Foi uma brincadeira de mau gosto, desumana. Espero, Laura, que você nunca passe pelos horrores que passei. Espero que nunca seja violentada e jogada à beira de estrada, no mesmo dia da morte dos seus pais. Espero que nunca saiba o que é a agonia de não ter qualquer notícia das pessoas que você ama.

Laura soltou um soluço. Sua mãe assoou discretamente o nariz no lenço branco engomado. O pai olhava para Yael com olhos pesados. Ela continuou:

– Espero que nunca saiba o que é carregar o filho do seu pior inimigo e que não saiba o que é urrar de dor com uma gravidez complicada. Ao mesmo tempo, espero que você conheça o amor. – Ela virou-se para Calebe e falou com os olhos fixos nele. – O amor incondicional de quem aceita sua história miserável. Amor que cuida, que cura, que não busca seus interesses. – Ela olhou para os pais de Laura. – Aceito as desculpas, mas acrescento que, se não exercerem o amor firme com sua filha, ela não será feliz.

O sr. Miller abriu a boca como se fosse falar algo, mas a fechou. Olhou para a mulher, que disse:

– Sentimos muito por tudo isso que você passou. Concordamos com você. Laura precisa entender que a vida não é um mar de rosas, onde se pode nadar de braçada. Por isso, decidimos que ela vai trabalhar na igreja, cuidando das necessidades das famílias que chegam aqui e fogem da violência das estradas. Ontem mesmo, quando estavam procurando você, Yael, chegou um casal com três filhos pequenos. Nós os recebemos em nossa casa. Laura vai cuidar das crianças, enquanto os pais procuram trabalho e um lugar permanente para morar.

Yael arregalou os olhos. A violência não tinha fim. Ela balançou a cabeça em entendimento.

– Eu e Calebe queremos ajudar. Posso ajudar Laura com as crianças.

Laura olhou para Yael. Levantou o queixo, mas logo o abaixou.

– Acho que vou precisar de ajuda.

Calebe passou o braço pelo ombro de Yael e a beijou no rosto.

– Podem contar conosco. Temos dois quartos vazios, se precisarem.

Pastor Samuel fechou o encontro com uma oração e uma palavra, enfatizando o que Yael tinha falado sobre o amor incondicional.

Abraçados na soleira da porta, Yael e Calebe acenaram para os ocupantes da carroça da família Miller. Já se preparavam para entrar, quando um homem surgiu a cavalo. Ele cruzou com a carroça que partia, e aproximou-se de Yael e Calebe.

– Tenho um recado do xerife William. – Ele esticou a mão e entregou um envelope para o casal. Depois, despediu-se e foi embora.

Calebe correu para a mesa e abriu o envelope. Yael segurou no braço dele, e os dois leram juntos a mensagem.

Venham logo cedo a Harmony. Vim em uma missão. Acho que temos algumas informações que podem nos levar aos irmãos de Yael.

Yael soltou um soluço abafado. Colocou a mão na boca. Não conseguiu conter as lágrimas.

– Calebe!

Ele fechou o bilhete.

– Sairemos antes do nascer do sol.

Capítulo 41

Mariposa não tinha voltado. Sara passou o pano molhado na testa de Nathan. A febre não cedia. Seu irmão era pele e osso. O cabelo castanho estava colado no rosto magro. Depois de tanto tempo, o cabelo do irmão quase chegava aos ombros.

Ela não estava em melhor estado. Seu único vestido estava tão frouxo, que caía pelos ombros. Seu sangramento tinha aumentado e a dor na barriga também. Mariposa dissera que era normal.

O sol nasceu. A fome era incrivelmente avassaladora. Sara tinha comido o último pedaço de carne-seca que Mariposa deixou para ela. Isso tinha sido logo depois do pôr do sol. Correndo até o riacho, Sara encheu a lata de água. Bebeu aos borbotões. Encheu-a novamente e a levou para o irmão. Ele bebeu quase tudo. A menina correu os dedos pelos cabelos ensebados do irmão e sussurrou:

– Não sei o que fazer...

Nathan não respondeu; apenas abriu os olhos cansados e logo os fechou novamente. Sara já não aguentava mais aquele lugar. Não suportava mais a sujeira, o fedor, a umidade. Detestava a própria imundície, o vestido manchado de sangue. O cheiro de tudo a revoltava: a fumaça impregnada no ar, o suor nas roupas, o sangue no vestido. Mas, acima de tudo, a pior tortura era não saber se Yael ainda estava viva.

Os gritos da irmã a atormentavam. Yael gritara, mas logo se calara. O homem soltara uma risada maligna. Sara tapara os olhos de Nathan, enquanto chorava em silêncio. Pensou que poderia ser a próxima vítima.

Mariposa tentara consolar os dois irmãos. Nathan implorou à mulher que fosse buscar sua irmã. Mariposa dissera que precisavam fugir, senão a mesma coisa aconteceria a eles. Ela sacudiu a rédea. O cavalo velho começou a andar.

De repente, Mariposa parou a carroça, desceu e entrou no mato. Quando voltou, suas mãos estavam cobertas de sangue. Ela não disse o que tinha acontecido. Pegou as crianças pelos braços, e, juntos, os três correram pela mata. Estava tudo escuro. Ao amanhecer, encontraram o casebre abandonado. Sem saber onde estavam, permaneceram ali. Dois dias depois, Mariposa contou às crianças que tinha deixado Abadon cambaleando no mato, logo após acertar uma pedra em cheio na cabeça dele. Ela disse que, enquanto ele gemia de dor, gritava que iria matá-la. Sara perguntou pela irmã, mas Mariposa respondeu que não sabia onde ela estava. Sara e Nathan, no entanto, desconfiavam de que Mariposa estava mentindo. Talvez Yael estivesse morta, e a mulher não quisesse revelar a verdade para poupá-los de mais sofrimento.

Sara encheu-se de uma grande determinação. Podia não ter notícias de Yael, mas Nathan estava ali, e ela faria de tudo para salvá-lo.

– Nathan – ela sacudiu o irmão várias vezes –, precisamos sair daqui. Levante-se.

O menino falou algumas coisas incoerentes e sentou-se no colchão cheio de buracos. Sara se levantou e puxou o irmão pelo braço. Ficou horrorizada com a leveza dele. Abaixando-se, posicionou os ombros debaixo da axila do menino. Os dois foram caminhando devagar. Os passos de Nathan eram incertos.

Sara conhecia o caminho mais curto para Harmony, por entre as árvores. Praticamente arrastando o irmão, ela encheu-se de uma força quase sobrenatural. Precisava urgentemente de ajuda, mesmo que isso os colocasse em perigo.

Capítulo 42

O sol mal despontava no horizonte quando Yael e Calebe se colocaram a caminho de Harmony. Na noite anterior, assim que os dois leram o bilhete do xerife William avisando que tinha notícias de Sara e Nathan, Calebe pegou Misty e correu pela estrada para alcançar a carroça que levava o pastor e a família de Laura. Ele explicou rapidamente o que tinha acontecido, e pediu ao pastor que avisasse Gabriel, os tios, Alana e seus avós.

Naquela noite, o casal não dormiu. Os dois conversaram e rolaram inquietos na cama. Levantaram-se assim que o primeiro sinal do sol surgiu na janela.

Ao lado de Calebe, Yael torcia a ponta da trança. Sua agonia era igual ou pior à que sentira dentro da mina. Chegando em frente à delegacia, Yael saltou da carroça ainda em movimento. Xerife William os aguardava com o xerife Lee.

Sem perda de tempo com cortesias, o xerife bigodudo falou:

– Ontem no fim da tarde, o xerife Lee encontrou uma mulher de meia-idade quase desacordada na beira do rio. Ele chamou uns homens para carregá-la até a enfermaria do dr. Carl. Ela tinha levado uma grande surra. O rosto estava todo lacerado. A mulher balbuciava alguma coisa como "crianças" e "casebre".

– Mariposa! – Yael gritou. Agarrou a manga da camisa de Calebe. – Calebe, talvez seja a Mariposa!

– Exato. Sr. Raini nos deu um desenho da mulher. Confere – confirmou o xerife William.

– Podemos vê-la? – Calebe perguntou ao xerife.

– Dr. Carl disse que poderíamos ir lá logo cedo. Vamos! – O xerife William apontou na direção da enfermaria na rua principal.

Os dois xerifes acompanharam Calebe e Yael. Uma enfermeira os recebeu. Yael correu para o leito ocupado pela mulher. Aproximou-se e começou a chorar compulsivamente.

– É Mariposa!

A enfermeira, uma mulher jovem, disse:

– Ela está delirando ainda. Repete as palavras "crianças" e "casebre".

Yael agarrou Calebe pelo braço.

– Vamos procurar esse casebre.

– Há vários casebres abandonados perto da mina – o xerife Lee explicou. – Quando a mina foi desativada, os mineiros foram embora, deixando o acampamento.

– Vou desatrelar Misty e sair com os xerifes para procurar – Calebe disse a Yael.

– Não! Vou junto. Quero ser a primeira a abraçar meus irmãos. Mal acredito que passamos por esses casebres e não paramos para olhar.

Os quatro saíram da enfermaria. Em frente à delegacia, os dois xerifes montaram nos cavalos. Calebe desatrelou Misty da carroça, montou e colocou Yael sentada à sua frente.

Os três cavalos saíram em disparada, chamando a atenção dos poucos moradores de Harmony que circulavam pelas ruas àquela hora.

Na picada que dava para a mina, os três cavaleiros pararam.

— Calebe, você vai na direção do rio. Xerife Lee, verifique as casas próximas à mina. Eu vou para aquele lado. — O xerife William apontou na direção sul.

Os três se separaram, Yael ereta na frente de Calebe. A mata ficou mais densa. Calebe sugeriu que fossem a pé. Ele amarrou Misty em um galho. A esposa foi na frente, empurrando o mato com as mãos, sem se importar com os cortes na sua pele. Vez por outra, ela segurava a chave pendurada no pescoço, como se o objeto tivesse a resposta do paradeiro dos irmãos. O barulho do riacho aumentava. Era sempre mais provável achar gente perto da água. Levantando a saia, Yael pulou um tronco coberto de cogumelos e musgo.

— Ai! — exclamou ela, pulando em um só pé.

— O que foi? — Calebe correu até ela.

— Não sei... tropecei nesse tronco... — Ela se abaixou para amarrar a botina. Ao olhar para o arbusto à sua frente, ela arregalou os olhos. Abriu a vegetação com as mãos. — Calebe...

Ele agachou-se ao seu lado. Arrancou a folhagem do lugar.

— Um caixote!

— O baú! — Ela levou a mão ao peito, segurando a chave no cordão.

Juntos, os dois agarraram as alças do baú e o tiraram do esconderijo. Com a mão trêmula, Yael enfiou a chave no buraco da fechadura de ferro. Coube perfeitamente. Ela rodou a chave. Lá estava um dos tesouros de sua família.

Agora, precisava achar o maior tesouro: seus irmãos.

* * *

Yael entrou no casebre e se jogou ao lado do colchão furado no chão.

— Sei que passaram por aqui. E foi recente.

Ela cambaleou pelo cômodo escuro, tateando os poucos objetos. Uma batata ainda fresca indicava a presença de moradores no local.

Calebe saiu da casa. Tirou a espingarda pendurada nas costas e deu um tiro. Em minutos, os dois xerifes chegaram. Calebe contou o que havia encontrado. Com muita insistência, Yael os convenceu a pegarem o baú e o amarrarem na sela de Misty. Não sairia dali sem ele.

Após prenderem os cavalos num tronco, os quatro foram em direções diferentes nas imediações do casebre. Yael gritava o nome dos irmãos. Ela correu até a beira do riacho e chamou. Olhou de um lado para o outro. Andou na faixa de areia coberta de pedrinhas arredondadas. O rio fazia uma curva bem à frente. A jovem levantou a saia, indo em direção à curva. Fixou os olhos num amontoado de galhos no mato, próximo ao rio. Como se uma grande mão a empurrasse, correu para lá. Começou a gritar quando viu um pedaço de tecido encardido saindo de baixo dos galhos.

– Sara! Nathan!

Um rosto apareceu entre os galhos. Depois, duas mãos estendidas.

Yael correu, em prantos.

– Sara! – Ela se ajoelhou ao lado da irmã e a abraçou, agarrando seus cabelos e beijando seu rosto sujo. – Sara!

– Yael! – Os soluços de Sara misturavam-se às risadas.

– Onde está Nathan? – Yael segurou o rosto da irmã, o coração batendo de forma alucinada.

Sara apontou para uma árvore logo ao lado.

– Ali. Vim beber água e acho que desmaiei. Ele está doente, muito doente.

Calebe surgiu e ajoelhou-se ao lado de Yael e Sara. Cobriu as duas moças com seus braços.

Sara se assustou e ameaçou fugir. Yael a puxou de volta.

– Esse é Calebe, meu marido. Ele me salvou.

Os xerifes apareceram e, com grande habilidade, assumiram o controle da situação. Colocaram os irmãos sobre os cavalos, e todos seguiram juntos, em direção a Harmony.

Yael caminhou todo o percurso a pé, entre os cavalos que carregavam os irmãos, liberando todas as lágrimas que guardara para aquele momento especial.

* * *

Parecia um sonho. Yael olhou para o rosto de Sara e depois para o de Nathan, as duas cabeças encostadas em seus ombros. No quarto especialmente preparado para os dois, Yael contava um pouquinho do que tinha acontecido desde que aparecera na porta de Calebe.

Depois de encontrar os irmãos na beira do rio, o casal os levou para a enfermaria, onde receberam tratamento para os ferimentos, hidratação e alimentos. Dr. Carl garantiu que, apesar da perda de peso, eles estavam bem. O médico explicou que Nathan estava gripado e, como estava fraco, o corpo não conseguia combater aquela simples doença. Com alimento e amor, ele ficaria bom em poucos dias. Os dois irmãos reconheceram Mariposa, que permanecia desacordada na enfermaria. Eles contaram como a mulher os protegera de Abadon.

Ainda teriam muita história para contar. Yael beijou a cabeça de Sara. Virou o rosto e beijou a de Nathan.

– Nem acredito que estão aqui comigo. Aqui é nossa casa. O lar que Calebe nos deu.

Os irmãos se deitaram em suas respectivas camas. Yael olhou para o canto do quarto e soltou um suspiro. O baú ainda estava intacto. Finalmente, a chave que trouxera consigo naquela noite, quando apareceu na porta de Calebe, havia encontrado a fechadura. Era o símbolo do encontro entre ela e seu marido, que abriu uma nova vida para Yael.

Yael puxou a coberta de Sara, cobrindo-a. Beijou a testa da menina. Na cama ao lado, Nathan tossiu. A irmã mais velha o cobriu, correu os dedos pelo cabelo limpo dele e o beijou.

– Amo vocês – ela disse.

Saindo do quarto, Yael fechou a porta devagar. Calebe estava sentado no sofá reformado com um encosto de madeira. Estendeu a mão para a esposa. Ela correu para seu lado.

– Minha felicidade está completa.

– A minha também. Sonhei que uma mulher iria aparecer na minha porta e que eu me casaria com ela. A promessa de Deus dizia que teríamos filhos. Acho que, de certa forma, Sara e Nathan representam filhos para mim.

Yael deu uma risadinha. Escondeu o rosto no peito dele.

– Acho que Deus queria dizer mais do que isso.

Calebe segurou o rosto de Yael. Olhou nos olhos dela.

– O que quer dizer com isso?

A esposa sorriu, levando a mão dele ao ventre dela.

A promessa se cumpria. Juntos, eles iriam abençoar muita gente.

Capítulo 43

Mariposa colocou a mesa e chamou os donos da casa, que terminavam as tarefas do lado de fora. Nathan foi o primeiro a entrar, roubando um pedaço suculento de carne da travessa. Mariposa deu um tapinha na mão do menino e o mandou ir se lavar. Sara entrou depois, com um baldinho de leite da sua nova amiga: a cabra Clara. Alana e Gabriel entraram lado a lado, meio distraídos com a atenção que davam um ao outro.

Calebe entrou em seguida com um balde de água e encheu a bacia da pia. Yael, com um cesto de maçãs, foi a última a entrar. Entregou as frutas para Mariposa e passou a mão na barriga, que já fazia uma pequena protuberância no vestido.

À mesa, a família e os amigos se deliciaram com a comida saborosa preparada por Mariposa – a quem chamavam de Mari, seu nome de batismo. Depois de se recuperar da surra de um dos cafetões que trabalhavam para Abadon, ela foi convidada por Yael e Calebe para morar em sua casa. O xerife William descobriu que Abadon havia sido assassinado por um parceiro de jogo. Esse homem o encontrou na beira da estrada, pedindo ajuda, depois que Mariposa lhe havia dado uma pedrada. Aproveitando a oportunidade, matou Abadon. Yael se sentiu aliviada por saber que nem ela nem Mari corriam mais o risco de ser presas.

A conversa animada à mesa não impediu que Yael notasse o leve toque de mãos que Gabriel e Alana trocaram. Esperava, de coração, que a amiga pudesse conhecer o mesmo amor que ela mesma conheceu com Calebe.

O jantar terminou, e a noite mais fria do outono trouxe a visita de tia Amelie e tio Joaquim. Os dois se sentiam avós dos irmãos de Yael e sempre encontravam alguma desculpa para aparecerem no sítio.

Eles entraram na casa carregando presentes que a comunidade não parava de enviar. Mari também recebia presentes, surpresa e alegre por ver que a igreja do pastor Samuel a acolhia de braços abertos, apesar do seu passado infeliz.

A noite mais parecia véspera de Natal. Mari serviu café, chá e biscoitos, e Yael comentou que explodiria com tanta comida. Nathan olhava de um membro da família para outro, entretido com seu pirulito vermelho. Sara, com os lindos cabelos cacheados descendo pelo tecido do vestido novo, olhava para tudo e todos, maravilhada.

Calebe, com a caneca de café na mão, pediu a palavra. Todos se sentaram nas cadeiras, no sofá ou no chão, e olharam para ele. Ele tirou do bolso um objeto. Abriu a mão e mostrou uma chave.

A chave.

– Foi essa chave que tornou possível o que vemos hoje: a casa cheia de pessoas especiais. A chave não abria um baú apenas; ela abriu meu coração. – Ele puxou Yael para perto de si. – Abriu o coração dessa mulher maravilhosa. A chave nos levou a Sara e a Nathan. Ela é a promessa de que, juntos, iremos abençoar muita gente. Essa é nossa missão. Deus é bom.

Os presentes disseram "Amém" e aplaudiram o discurso.

Yael passou a mão no ventre e olhou para sua grande família.

– É muito difícil entender por que passamos por tantas situações difíceis. Nesses casos, penso que temos duas opções: ou vivemos amargos, ou permitimos que Deus transforme em bem o mal que nos fizeram. Assim, espalhamos o bem ao nosso redor. Amo vocês!

Despreocupados com o trabalho duro que teriam no dia seguinte, a grande família festejou até tarde.

Abraçados ao lado da janela, Yael e Calebe observavam Alana e Gabriel, que riam baixinho de alguma coisa que um tinha dito ao outro.

Essa seria mais uma bela história de amor.

F I M

Queridos leitores,

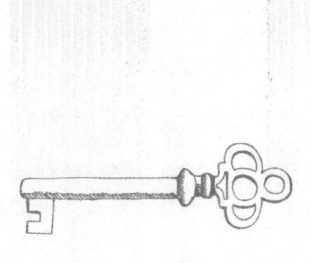

Sou imensamente grata por todas as palavras de incentivo que recebo de vocês. A história de Yael e Calebe representa um pouco do que sinto no coração, quando penso nos olhos que passam pelas linhas escritas por mim. Que Deus abençoe a vida de cada um de vocês.

A Promessa é meu primeiro romance de época, e o primeiro que comecei com a intenção de virar série: *Amor no Oeste do Canadá*. Não preciso dizer que Alana e Gabriel também terão sua história. E não se preocupem: Yael e Calebe não desaparecerão. Eles ainda têm a grande missão de abençoar sua comunidade em Harmony.

Se gostou deste livro, coloque um comentário na minha página da Amazon. Vocês não imaginam como essas mensagens me motivam.

Um grande abraço,

Luisa Cisterna

grupo novo século | ns

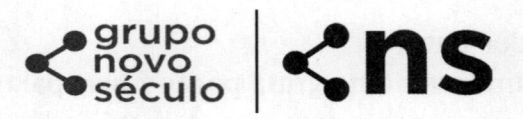

@novoseculoeditora

Edição: 1ª
Fonte: PT Serif